Alex Thurner

namaste commissario

… oder einfach nur atmen!

Namen und Handlung sind frei erfunden, mögliche Ähnlichkeiten mit realen Personen zufällig und nicht beabsichtigt.

yogaandcoffee@gmx.at

Umschlaggestaltung: myMorawa
Foto: Alex Thurner

Druck und Vertrieb im Auftrag des Autors:
myMorawa von Dataform Media GmbH, Wien.
www.mymorawa.com

ISBN:
978-3-99139-135-7 (Paperback)
978-3-99139-134-0 (E-Book)

PRINTED IN
AUSTRIA

für C. & S.

„So ist verborg´ne Weisheit Dir
von mir geoffenbart, du Held,
Wenn du nur stets an sie gedenkst,
so handle, wie es dir gefällt!“
(Bhagavadgita, 18.63)

erster Tag.

Herabschauender Hund, Babykobra, kleines Krokodil, Krähe … geh bitte, wenn ich in den Zoo will, fahr ich nach Schönbrunn. Marie, die süße Yogalehrerin in der Reha hat immer gesagt, dass es einfacher wird, je länger man übt, wichtig ist Bescheidenheit und die Atmung, also durch die Nase ein, zwei, drei, vier, halten, zwei, drei, vier, durch die Nase aus, zwei, drei, vier, Pause, zwei, drei, vier, einatmen, zwei, drei, vier …

Nest an der Wild, ja genau, das Gleiche habe ich mir auch gedacht, als ich zum ersten Mal hier war, im finstersten Waldviertel, kurz vor der tschechischen Grenze wobei die Wild jetzt kein Gewässer ist, wie man gleich einmal vermuten könnte, sondern ein sumpfiges und wildreiches Waldgebiet. Mein Vater, der Herr Bankdirektor, hat sich das kleine Jagdhaus in dieser gottverlassenen Gegend gekauft, gottverlassen, witzig, gerade er der Erzkatholik, und Tiere mochte er auch, nur am liebsten zuerst vor dem Lauf seiner Flinte und dann gespickt auf dem Teller. Sein Hund schaute zumeist zu ihm auf, da er hoffte einen Happen abzubekommen, was auch durchwegs mit Erfolg gekrönt war. Mein Hund schaut gerade herab, also nicht wirklich mein Hund, DER herabschauende Hund! … ich hab ja eigentlich eine Tierhaarallergie, heutzutage brauchst du irgendeine Allergie, sonst kommt in Gesellschaft

keine richtige Konversation zustande, ich meine mit Zöliakie oder Reizdarmsyndrom bist du gleich mal der Mittelpunkt jeder Party, aber mit Tierhaarallergie, naja auf Partys steh ich eh nicht unbedingt, jetzt aber zurück zur Konzentration und zur Atmung.
Angeblich passiert es ja sogar dem Dalai Lama gelegentlich, dass er beim Meditieren in seiner Konzentration abschweift, da muss ich mir als kleiner Hobby-Yogi absolut keine Gedanken machen, würde Marie sagen, einfach ruhig und tief atmen und weiter, also zurück zu meinem herabschauenden Hund, die Beine nicht ganz durchgestreckt, Rücken gerade, Weite im Gesäß, na genau, wie macht man sein Gesäß weit und die Schultern rutschen in die hinteren Hosentaschen, dort ist ja jetzt genug Platz mit einem weiten Gesäß, wem eigentlich solche Formulierungen einfallen, dafür musst´ nicht extra erleuchtet sein, wichtig Nacken locker, Ausatmen und mit den Füßen langsam vorwandern zu den Händen, einatmen halbe Vorbeuge, ausatmen ganze Vorbeuge und achtsam aufrollen, strecken, Hände vor die Brust, na jetzt habe ich mir mein Frühstück aber verdient.

#

„namaste commissario!" ruft mir der Loisl schon entgegen, also Loisl hört er nicht so gerne, der Herr Magister Alois Josef Buxbaum, Sohn des Bürgermeisters von Nest an der Wild, großer Indien-Fan,

Yogi sowieso und überzeugter Veganer, wegen dem Tierleid und überhaupt.
Als sich der alte Besitzer vom ehemaligen Gasthaus „Kirchenwirt“ vor einigen Monaten in seinen wohlverdienten Ruhestand verabschiedet hat, ohne Nachfolger weit und breit, übernahm der studierte Kommunikationswissenschaftler, der sich selbst lieber AJ nennt, also neudeutsch Äi-Tschäi weil ihm Alois Josef noch nie gefiel, das heruntergekommene Wirtshaus und machte das vegane Cafe „Kornblume“ daraus.
Gemeinsam mit seiner Lebensabschnittspartnerin Penny, eigentlich Penelope Xenia Pospischil aus Ottakring, da haben die Eltern bei der Namenswahl wohl ihre mageren Kenntnisse in Kombinatorik voll ausgeschöpft und PXP ergibt vermutlich nicht so ein schönes Akronym, also eben mit der Penny kredenzt der AJ in der „Kornblume“ jetzt ganztägig Frühstücksspezialitäten aus aller Welt. In einem Wiener Hipster-Viertel bestimmt DAS Gastronomiekonzept mit dem man sich eine goldene Nase verdient, aber im Waldviertel, kurz vor der Tschechischen Grenze, da laufen die Uhren immer noch anders.
Aber der Loisl ist ja ein grundoptimistischer junger Mann und wartet auf den einschlagenden Erfolg, sobald die Warmup-Phase vorbei ist, und sagt immer: „Alles nur eine Frage des Marketings!“. Kapitalismus ist sowieso böse und außerdem sind AJ und Penny ja nur wegen der Work-Live-Balance aufs Land gezogen. Lustig, früher hätte ich gesagt,

die beiden sollten einmal Ahnung von der Work haben, bevor sie von einer Live-Balance sprechen, aber heute sehe ich das etwas entspannter.
Gut, Geldgier kann man den beiden mit der Umsetzung ihres kulinarischen Erstlingswerkes in Nest an der Wild wirklich nicht vorwerfen und da braucht es vermutlich wirklich noch ein Marketinggenie um erst einmal die Eingeborenen vom Schweinebraten loszulösen und auf Falafel und Humus einzustimmen, aber der Herr Magister wird sich das schon gut überlegt haben.
Penny steckt aber ohnedies gerade in der finalen Phase ihrer religionswissenschaftlichen Diplomarbeit fest und da kann sie eh keinen Stress brauchen, den macht sie sich aber auch nicht wirklich, gut Ding will Weile haben und so schreibt sie bereits seit rund drei Jahren an dem Werk, wobei sie über das Thema bis dato einen Mantel des Schweigens breitet aber immer wieder betont, dass ihre Arbeit die Welt verändern werde.
Kennengelernt haben sich die beiden bei einer FFF Studentendemo in Wien, also in meiner Jugend konnte man sich ja noch mehr für FKK begeistern, jetzt gilt das Interesse der jungen Erwachsenen, wie sie gerne bezeichnet werden, ausschließlich dem Umweltschutz, nein, eh lobenswert und bequem, wenn man von den fürsorglichen Eltern mit dem SUV bis zur Kundgebung gebracht wird, aber jetzt bin ich abgeschweift.

„namaste commissario!“ ruft AJ noch einmal, wie er mich in Richtung „Kornblume“ schlendern sieht, seinen einzigen Stammgast, abgesehen von den Dorfkindern, die hin und wieder ein paar Ingwerkekse to-go kaufen, und er hat so eine Freude, wenn er zu mir Commissario sagen kann, daher bin ich ihm mittlerweile nicht mehr böse, obwohl ich eigentlich bis fast ans Ende der Welt gezogen bin um Abstand zu gewinnen, aber ich konnte ja meinen Mund nicht halten, beim ersten Besuch in der „Kornblume“ und einem sehr einfühlsamen Gespräch mit den beiden charismatischen Jungakademikern.
Vermutlich ist mir der grüne Tee zu Kopf gestiegen, höher Prozentiges wird in dem abstinenten Etablissement ja nicht serviert, aber wir drei mussten uns ja gerade jetzt über den Weg laufen, vermutlich Karma oder so.

#

Früher haben wir zu Hause protestiert, wenn wir die alten Sachen unserer Geschwister auftragen mussten und die Mütter waren damals gnadenlos, aber irgendwann war es dann umgekehrt und plötzlich haben offenbar alle freiwillig die Anzüge ihrer kleinen Brüder angezogen. Komisch, bei uns im Innenministerium tragen jetzt alle super-slim-fit, auch wenn die jeweilige Figur grundsätzlich nicht immer ausgerechnet danach schreit, nicht einmal nach fit, und ich hab manchmal das Gefühl, dass

beim einen oder anderen Träger dieser modischen engen Teile die ausreichende Luftzufuhr zum Gehirn darunter leidet, aber gut, der Minister trägt super-slim-fit also muss die hinterherhechelnde Fangemeinde auch slim-fit tragen, insbesondere diejenigen, die noch etwas werden wollen.
Keine Ahnung ob es an meinem konträren Modegeschmack liegt, dass man mir ebenso einen slim-fit-Träger, vermutlich den Supersten, vor etwas mehr als einem Jahr vor die Nase gesetzt hat, gibt es eigentlich eine Steigerung von super, wurscht, nachdem ich gut 15 Jahre das Dezernat für Wirtschaftsermittlungen geleitet habe wurde an höchster Stelle beschlossen, da braucht es doch besser einen Akademiker, dass es sich dabei um den Sohn eines ehemaligen Generals und vor allem um einen braven Parteisoldaten handelte, hat die Personalentscheidung bestimmt nicht wesentlich beeinflusst. Den kriminalistischen Spürsinn hat er vermutlich mit der Muttermilch aufgesogen und daher bringt der promovierte Philosoph mit Ende 20 auch gleich die erforderlichen beruflichen Qualifikationen mit.
Aber was soll man machen, Ober sticht Unter, und schon ist er dagesessen, seine erste Amtshandlung, begleitet von tosendem ministeriellem Beifall, bestand darin, unser Büro in „Einsatzeinheit zur Bekämpfung von Wirtschaftsstrafsachen und organisierter Kriminalität“ kurz EWOK umzubenennen. Akronyme verfolgen mich offensichtlich und mein Hinweis, dass man bei dieser Namens-

gebung und der entsprechenden Abkürzung leicht mit den kleinen Teddybären aus Star Wars verwechselt werden könnte, wurde dementsprechend nicht goutiert. Was er aber wirklich kann, unser Zuckerlprinz, Aufträge delegieren, top down auf Neu-Deutsch und seine zweite gute Idee wäre gewesen, mich umgehend zur Logistikabteilung wegzuloben, aber sicher nicht mit mir.

Also habe ich weiterhin, wie die letzten Jahre auch, meine Arbeit gemacht, daily Business sozusagen, die Lorbeeren heimste jetzt allerdings unser neuer Chef ein.

Ich hab eh schon tagelang nicht mehr richtig geschlafen, Stress ohne Ende, dass die Hälfte genug wäre und als ich dann nach einer der zahlreichen Fehlentscheidungen gerade wieder einmal in sein Büro stürmen und dem Zuckerlprinzen ordentlich die Meinung geigen wollte, Fight or Flight und ich war definitiv auf Fight eingestellt, wurde mir auf halben Weg plötzlich schwarz vor Augen und ich kann mich nur noch erinnern, dass ich in einem Rettungswagen aufgewacht bin, der Arzt meinte chronisches Überlastungssyndrom, Blutdruck und Werte katastrophal, Burnout quasi und nachdem sie mich im Krankenhaus wieder halbwegs zusammengeflickt haben ging es für mich Direttissima sechs Wochen zur Reha. Ruhe. Gesundes Essen. Nordic Walking. Yoga. Meditation. Der Anfang vom Ende, aber aus heutiger Sicht durchaus aus einem positiven Blickwinkel und auf dem Rückweg von der Reha nach Wien überkam es

mich dann plötzlich, ich dachte an die alte Jagdhütte meines verstorbenen Vaters und sprang bei Ybbs aus dem Zug.
Da sich die Pension für mich altersmäßig noch nicht ausgeht, mich der Zuckerlprinz aber im Büro ohnedies nicht mehr sehen wollte, wurde ich einmal bis auf weiteres vom Dienst freigestellt, mein Sohn hat im Zuge eines Auslandssemesters in Barcelona eine feurige Senorita kennengelernt und sich in der Folge für das sonnige Spanien und gegen das kalte Österreich entschieden, kann ich verstehen, hätte ich vermutlich auch so gemacht wenn ich damals die Möglichkeit gehabt hätte, ja und wo sich meine Ex gerade herumreibt weiß ich nicht, ist mir auch herzlich wurscht, vielleicht hätte ich früher erkennen müssen, dass es im Leben wichtigere Dinge gibt als meine Arbeit aber in Wien wartete daher nur eine leere Zwei-Zimmer-Wohnung auf mich und meine Yogalehrerin Marie meinte immer, man soll jede neue Situation als Chance sehen, die das Schicksal für einen bereithält.
Also warf ich, Maries Worte in den Ohren und eine wildromantische back-to-the-roots Vision vor Augen, noch demonstrativ mein Smartphone in die Donau und bestieg den nächsten Bus nach Nest an der Wild um mich erst einmal zwei Tage in der väterlichen Hütte einzuigeln.
Doch am dritten Tage erstand ich auf … hauptsächlich, weil meine kargen Vorräte zur Neige gegangen waren und auf der Suche nach Essbaren stieß ich dann, vor allem aus Mangel an

Alternativen, auf die „Kornblume“, ich hab mal wo gelesen, dass alles im Leben einen Sinn hat, man erkennt ihn nur nicht immer gleich, quasi Kismet oder so ähnlich.

#

Mein „Morgen Loisl, einmal wie immer!“ wird umgehend mit einem übertriebenem „Bitte sehr, bitte gleich.“ quittiert und kurz darauf sitz ich auf meiner Bank im Gastgarten.
AJ stellt mir eine Schüssel Haferporridge mit Beeren der Saison und eine Tasse grünen Tee hin und kehrt wieder zurück hinter die Theke um sich dann nach kurzer Zeit mit zwei kleinen Tassen duftendem, fachmännisch aufgebrühten, nachhaltigen fairtrade Bio-Espresso und den Worten: „Das Leben ist zu kurz, um schlechten Kaffee zu trinken, Commissario!“ zu mir zu setzen. Der Genuss unseres braunen Goldes wird mit einem zustimmenden Mmmmh kommentiert, um dann das Gesicht mit leicht geschlossenen Augen der wärmenden Morgensonne zuzuwenden und zu schweigen, Morgenroutine ist doch etwas Herrliches.

„De oidn Funsen gengan ma scho so am Oasch, Goschn hoidn und Händ foitn, mehr kennans ned, de deppaten Weiba!“ … und so schnell kann es dann auch vorbei sein, mit der morgendlichen Ruhe.

Obwohl sie sonst eine sehr nette, ausgeglichene und besonnene Person ist, die Penelope, und sich auch durchaus gewählt auszudrücken weiß, aber wenn sie sich ärgert ist es ihr unmöglich, ihre ottakringer Wurzeln zu verleugnen. Da vermag auch ein tröstliches „Penny Schatz, trink einmal einen Ingwertee, dann schaut die Welt gleich ganz anders aus." ihrer besseren Hälfte die Situation nicht zu beruhigen.
Mit hochrotem Kopf steuert dieses zierliche Wesen auf uns zu, in einem Tempo, dass ihre blonden Dreadlocks nur so fliegen, wirft AJ nur ein finsteres „Schleich di, mit deim bledn Ingwertee, jetzt brauch i erst amoi a Tüterl!" entgegen und verschwindet in der „Kornblume".
Uns bleibt nur ein synchrones Schulterzucken, bevor wir wieder die Augen schließen und uns der Sonne zuwenden um kurz darauf auch schon einen lieblichen, leicht süßlichen Geruch wahrzunehmen, der in Schwaden von der Gaststube nach draußen dringt und mich an das eine oder andere Konzert meiner Jugend erinnert, Guns´n Roses, Donauinsel ´92, auch schon ein Zeiterl her.

#

Gut, ist ja nicht so, als ob ich meinen dicht gedrängten Terminplan und AJ die zahlreichen Gäste, die ihm die Türe einrennen, vernachlässigt hätten, aber vermutlich sind wir kurz eingenickt, denn als Penny frisch geduscht und gut gelaunt, in eine bunte Tunika gekleidet und mit einer großen Schüssel Wildkräutersalat mit Avocados und Kichererbsen in den Gastgarten kommt, muss es bereits gegen Mittag sein, aber dem Glücklichen schlägt ja bekanntlich keine Stunde. „Morgen die Herren, hab was zur Stärkung gebracht, nach dem harten arbeitsreichen Vormittag!“ grinst sie uns fröhlich an, sie kann nicht lange böse sein, die Gute.

So kann das Leben spielen, vor nicht allzu langer Zeit hätte ich die beiden, ohne sie zu kennen, nur aufgrund ihres Erscheinungsbildes und der von ihnen gewählten Lebensweise, als Hippies oder vermutlich noch schlimmer, als arbeitsscheues Gesindel bezeichnet und heute sitze ich bei ihnen, unter der alten schattenspendenden Eiche und wir drei, jeder eine Gabel in der Hand, naschen schweigend die marinierten Wildkräuter aus der Olivenholzschüssel, die gut erreichbar in der Tischmitte platziert wurde … verurteile nie, was du nicht kennst!

Nach zwei köstlichen veganen Kokosbrownies, begleitet von einem ausgezeichneten Verdauungskaffeetscherl, bin ich es dann, der das Schweigen bricht und Penny nach der Ursache für ihre morgendlichen Unmutsäußerungen frage, worauf sie zögerlich zugibt, dass es mit ihrer unvollständigen Masterthesis und einem dafür geplanten Interview der Rosenkranzrunde zusammenhängt.

Dazu muss man sagen, nachdem sich die Eventlocations in Nest an der Wild ja nicht unbedingt dicht an dicht drängen, wird die Freizeitgestaltung hier noch sehr traditionell ausgelegt und so treffen sich die Herren der Schöpfung im Feuerwehrhaus zu Löschübungen, vorzugsweise und in aller Regel wird dabei geübt, den brennenden Durst zu löschen, während sich die Göttergattinnen bei Bibel- und Rosenkranzrunden im Pfarrhaus ausleben, in Nest an der Wild sind die Rollen halt noch gottgewollt verteilt.

Mit besagter Rosenkranzrunde hat Penny am heutigen Morgen einen Termin vereinbart und im Glauben, man könne die hübsche junge Zugereiste mit ihrem wilden Äußeren und der freizügigen Weltanschauung endlich zum Guten bekehren, wurde die Audienz gewährt. Es war jedoch im Zuge des Erstgesprächs schnell klar, dass Penelope nicht als neues Mitglied der Bibelrunde beitreten und auch keinen veganen Kuchen für den Pfarrball beisteuern werde, sondern vorhatte, die Rosenkranzdamen für ihre Diplomarbeit zu interviewen. Penny dachte vermutlich, dass sie über ihre Schwiegermutter, die Frau Bürgermeister, bereits einen Fuß in der Türe hat, aber falsch gedacht. Also AJ´s Mutter ist jetzt nicht wirklich Bürgermeisterin, soweit hat die Emanzipation Nest an der Wild noch nicht eingeholt, eher im Gegenteil, so wie die Gattin des Landarztes hier auch noch als Frau Doktor angesprochen wird ist Grete Buxbaum eben die Frau Bürgermeister, aber zurück zu dem gescheiterten

Vorhaben, die Interviewergebnisse der Rosenkranzrunde in die weltverändernde Masterthesis einfließen zu lassen. Die Frauen wollten halt wissen, warum und wofür sie sich jetzt eigentlich befragen lassen sollten und als die Zugereiste, die noch dazu ausgerechnet allgemeine Religionswissenschaften studieren musste, auch nur Ansätze ihres Arbeitsthemas bekanntgab wurde sie vom aufgebrachten Damen-Mob aus dem Pfarrhaus gejagt. Man empfahl ihr noch wild schimpfend, sie möge doch auf katholische Theologie umsatteln, um vielleicht die ihr mit Sicherheit bevorstehenden Höllenqualen noch abwenden zu können und verordnete Penny, bis zum Eintritt dieser höchst unwahrscheinlichen Seelenrettung, Hausverbot in sämtlichen kirchlichen Gebäuden und Liegenschaften in Nest an der Wild.
Also so wie ich das sehe, bleibt ihr da nicht mehr viel über, da kann die Gute nur noch zwischen der „Kornblume" und meiner Jagdhütte pendeln.

Der friedliebende AJ bringt gerade noch heraus: „Penny Schatz, womit hast du die Frauen so aufgebracht und bitte sei ehrlich, du weißt ich stehe immer zu dir, aber Mutti ist im Stande und schickt uns noch einen Exorzisten vorbei."
Ob nun die wässrigen Augen ihres Lebensabschnittspartners den Ausschlag gegeben haben oder ihr die morgendliche Konfrontation im Pfarrhaus doch noch zu schaffen machte, aber

plötzlich sprudelte es aus der angehenden Religionswissenschaftlerin heraus.

Sie wüsste schon, dass ihre Theorie oder viel mehr ihr Gedankenspiel gewagt sei, hielt es aber für eine originelle Idee, als sie auf der Suche nach einem Thema für ihre Diplomarbeit war, ihr Betreuer ermutigte sie auch noch dazu und jetzt müsse sie doch nur noch ein paar Interviewergebnisse einbauen, habe aber nicht gedacht, dass sie damit so viele Menschen vor den Kopf stoßen würde, überhaut jene die doch sehr stark in herkömmlichen Traditionen verhaftet sind, weil sie nämlich als fiktive Ausgangssituation für ihre Masterthesis die Hypothese aufstellte, dass sich Jesus von Nazareth und seine Freundin Maria von Magdala, nachdem sie von ihrer Indienreise zurückgekehrt sind, dem Gefolge von Johannes dem Täufer angeschlossen hätten. Es ist belegt und auch in der Bibel festgehalten, dass Johannes zur damaligen Zeit in Galiläa und Judäa die Gottesbotschaft und die bevorstehende Ankunft des Messias predigte aber immer beteuerte, dass er nicht dieser erwartete Erlöser sei. Die Messias-Verheißung hatte ihren Ursprung ja bereits viele hundert Jahre davor, nachzulesen im Alten Testament beispielsweise bei den Propheten Jesaja und Malechi, der Täufer brauchte diese Idee dann nur beharrlich unter das Volk zu streuen, welches Dank der römischen Besatzer den Erlöser schon dringend herbeisehnte, die Menschen glaubten damals aber vermutlich eher

an einen großen Feldherrn, der die Unterdrücker vertreiben werde.
In der Heiligen Schrift stehe ja auch, dass sich Jesus von Johannes taufen lies und kurz darauf servierte König Herodes der schönen Salome, als Geschenk für ein Tänzchen, den Kopf des Täufers auf einem silbernen Tablett. Jedenfalls scharrte Johannes davor noch eine riesige Fangemeinde um sich und mit seinen Taufaktionen festigte er deren Zugehörigkeitsgefühl zur Gemeinschaft, aber seine Hinrichtung beendete die Erfolgsgeschichte, also was jetzt tun mit den vielen Gläubigen, daher könnten Jesus und Maria die Geschäftsidee übernommen haben, Konzept und Kundenstock waren ja quasi vorhanden und die Expansion wurde von den beiden noch vorangetrieben.
„Alles eine Frage des Marketings!" warf der Loisl nur lapidar ein und Penny referierte weiter.
Petrus war dann schließlich der nächste, der auf den fahrenden Zug aufgesprungen sein könnte, machte mit Hilfe der Römer und seinem Freund Judas aus Jesus kurzerhand noch einen Märtyrer und aus Maria die böse Hure und legt damit den Grundstein für sein Imperium, das bis heute unter dem Firmennamen römisch-katholische Kirche prächtig gedeiht.
Auf diesem Felsen will ich meine Kirche errichten, guter Slogan eigentlich und wäre ja auch nichts neues, dass der Vize den Chef vom Thron stößt und das Unternehmen übernimmt, dafür gibt es zahlreiche Beispiele, auch in der Bibel, alles von Menschenhand erschaffen und am Konzil von Nicäa,

der größten Marketingaktion aller Zeiten, nochmal umgeschrieben und zahlreiche Texte, heute als Apokryphen bekannt, weggelassen. Erst dort in Nicäa, rund 300 Jahre nach seiner Kreuzigung, wurde Jesus in den Schriften zum Sohn Gottes gemacht und wie man heute weiß, auch noch einige andere einschneidende Adaptierungen vorgenommen, schließlich berief sich ja schon das Judentum darauf, das einzige von Gott auserwählte Volk zu sein, also mussten die Katholiken noch eins draufsetzen; wir haben sogar seinen Sohn!

Buh, starker Tobak, also ich als klassischer Taufschein-Katholik, der zwar brav seine Kirchensteuer bezahlt, vermutlich nur, weil ich zu bequem bin auszutreten, aber insgesamt mit Eintrittsgeldern für Kirchenbesuche über die letzten Jahre gesehen deutlich günstiger gefahren wäre, sehe diese Theorie mit einem Augenzwinkern und als das was sie ist. Ein Gedankenspiel einer engagierten Studentin, die ihrer Masterthesis etwas Pepp verleihen und die vermutlich karge Leserschaft zum Nachdenken oder eher zum ums-Eck-Denken anregen will. Ich kann aber nachvollziehen, dass dieser Gedankenanstoß in den falschen Ohren, als pures Teufelszeug direkt aus der Hölle, schon fast einer Revolution gleichkommt. Da spreche ich jetzt aber gar nicht vom Vatikan, die Maschinerie läuft und läuft und was schert sich die Eiche um eine Wildsau, die sich an ihr reibt, um eine Jagdmetapher meines Vaters zu benutzen.

„Penny Schatz, jetzt ist mir klar, warum meine Mutter und ihre Freundinnen so ausgerastet sind, die Rosenkranzdamen verstehen diese Theorien doch nicht.“ wirft der Loisl noch ein, bevor sich die Jungakademikerin verteidigt, dass doch alles nur ein Gedankenexperiment sei, wer wüsste schon genau, was vor 2000 Jahren tatsächlich geschehen ist.
Sie wollte damit doch nur ein Bewusstsein dafür schaffen, dass Religion etwas Individuelles ist und das ist ja auch gut so, dass Jesus einer der größten, wenn nicht der größte Prophet aller Zeiten und nach Pennys Auffassung auch der absolute Über-Yogi war, steht ja außer Frage, insbesondere wenn man auch die apokryphen Schriften beachtet, aber was der Mensch daraus gemacht hat, könne sie nicht nachvollziehen. Alle würden doch auf die eine oder andere Weise an eine kosmische Energie, an den einen großen Gott glauben, die Religionen unterscheiden sich im Grunde doch nur darin, welchen Weg zur Göttlichkeit die Gläubigen verfolgen und ob sie dann zu ihrem Gott Jahwe, Allah oder Manitou sagen, sei doch schlussendlich egal, alleine Shiva hat über 100 Namen. Schließlich wäre alles nur auf die regionalen und kulturellen Unterschiede zurückzuführen und darauf, welche alten Überlieferungen den Menschen in den verschiedenen Regionen weitergegeben wurden, Bibel, Koran, Thora oder Upanishaden, überall ist von der Hingabe an Gott zu lesen, Bhakti-Yoga quasi.

Aber in all den heiligen Schriften sei jedenfalls nirgendwo etwas von Ablasszahlungen, Inquisition oder Kirchensteuer zu finden und überhaupt gleichen die christlichen Zehn Gebote, die angeblich Moses am Berg Sinai mit Gottes Hilfe in Steintafeln gemeißelt hat, nicht fast wortgetreu den Yamas und Niyamas im ebenfalls mehr als Zweitausend Jahre alten Yogasutra, macht das Patanjali jetzt auch zu einem Propheten oder hat irgendjemand vielleicht ein Patent darauf, den Menschen zu empfehlen, nicht zu töten, nicht zu lügen und zu stehlen.
Und dann schließt Penny mit den berührenden Worten: „Wenn die Frauen im Pfarrhaus Rosenkranz beten sind sie alle Heilige, aber ich werde verurteilt, wenn ich Mantras chante, erklär mir da bitte einer einmal den Unterschied … ist nicht beides gut, solange es nur aus tiefstem Herzen kommt?"
Stille. Gänsehaut.

#

Der Nachmittag verlief dann weitaus ruhiger, obwohl Pennys Frage noch mehr oder weniger unbeantwortet im Raum stand, von ihr aber eigentlich auch nicht an AJ und mich gerichtet, da wir ja im Grunde genauso dachten wie sie, Marie wäre stolz auf mich.

Als ich dann etwas später den Weg entlang des kleinen Bachs in Richtung Jagdhütte spaziere frage ich mich, wann sich meine Einstellung eigentlich so grundlegend geändert hat. Ein Burnout und ein paar Meditationsübungen können doch nicht Erziehung und jahrzehntelang angesammeltes und festgefahrenes Gedankengut, darunter auch durchaus liebgewonnene Gewohnheiten, einfach so auslöschen, aber auf der Reha hat mir meine Lehrerin bereits in den ersten Tagen prophezeit, dass je länger man Yoga übt sich der ganze Hokuspokus auch auf den Alltag auswirkt, man muss es nur zulassen, Teufelszeug. Sie hat offenbar vor mir irgendetwas erkannt und es ist ja eine faszinierende jahrtausendealte Philosophie, ich war aber auch an einem Punkt im Leben, wo ein Umdenken oder besser eine Kehrtwende unumgänglich für mich war, mein Arzt hätte gesagt lebenswichtig. Vor einem Jahr hätte ich mir jedenfalls nicht einmal ansatzweise vorstellen können, ohne die zahlreichen Annehmlichkeiten des Lebens, die eine Weltmetropole wie Wien bietet und vor allem ohne meine geliebte Arbeit, es auch nur einen Tag auszuhalten, wobei was habe ich eigentlich geliebt?

Im Grunde mochte ich meine Arbeit, solange ich relativ frei in meinen Entscheidungen und in der Planung meiner Abläufe war und vor allem wenn man mich aus dem politischen Hick-Hack raushielt, aber nachdem sie mir den Zuckerlprinzen ins Nest gesetzt haben war es ohnedies nicht mehr das Selbe und ich spielte mich immer wieder mit dem Gedanken, den Job zu wechseln, also kam mir die Auszeit eigentlich gerade recht, ich hätte mir das Ganze nur etwas anders vorgestellt, vielleicht einen

glorreichen Abgang, aber so, aus den Augen, aus dem Sinn, keiner meiner ehemaligen Kollegen hat sich je wieder bei mir gemeldet.
Ich muss plötzlich laut auflachen, weil mir gerade eingefallen ist, dass eigentlich niemand genau weiß, wo ich bin und ich mein Handy ja bei Persenbeug in der Donau versenkt habe. Durch mein Lachen schrecke ich einen Eichelhäher auf, mein Vater der alte Weidmann mochte diese Vögel nicht, weil sie angeblich Geräusche imitierten können und im Verdacht stehen, mit ihren Alarmrufen andere Waldbewohner vor herannahenden Jägern zu warnen … vielleicht sind sie mir deshalb so sympathisch.
Als ich mich dann vor gut zwei Monaten in meine selbstgewählte Isolation nach Nest an der Wild begeben habe und mich mein Weg, oder besser gesagt die niedrigen Instinkte des Hungergefühls, zur „Kornblume" geführt hat, war es im Nachhinein betrachtet wie eine Heimkehr.
Penny und AJ nahmen mich vom ersten Augenblick an auf wie den verlorenen Sohn, um bei den Bibelgeschichten zu bleiben, und so wie ich die beiden kennengelernt habe, bestimmt nicht nur um mich als einzigen kulinarisch aufgeschlossenen Stammkunden zu lukrieren, was zum damaligen Zeitpunkt wohl eher auf die wochenlange karge Diät in der Reha zurückzuführen war, also zumindest meine kulinarische Aufgeschlossenheit … ich habe nie an Schicksal oder Karma oder wie auch immer geglaubt, aber irgendwie mussten mir die Zwei

wahrscheinlich über den Weg laufen, Marie hätte bestimmt eine Erklärung dafür.

Die unzähligen tiefgreifenden Gespräche mit den beiden Lebenskünstlern, die ich davor als esoterischen und weltfremden Unsinn abgetan hätte, möchte ich seither nicht mehr missen, sowie das gemeinsame Yoga-Praktizieren, die Atemübungen und Meditationen, die kulinarischen Experimente, oder einfach gemeinsam in Stille dasitzen, beobachten, lauschen. Natürlich fiel diese verletzliche Saat der Achtsamkeit, die Penny und AJ so selbstlos und behutsam gestreut haben, ausgerechnet zu diesem Zeitpunkt und dank Maries Vorarbeit in der Reha, bei mir auf fruchtbaren Boden und hat mir verkorksten Beamten eine ganz neue Sicht auf die Welt eröffnet, aber das musste vermutlich so sein … drei Monate früher hätte ich sie mit ziemlicher Sicherheit gar nicht wahrgenommen.

Ich habe nie irgendwelchen Traditionen gefrönt, war auch nie ein Vereinsmeier, bestimmt kein Menschenfeind, ich mochte nur keine Leute, mag ich heute noch nicht besonders und Massenansammlungen machen mir sogar ein bisschen Angst, alles Extreme, in welche Richtung auch immer, war mir von jeher ein Graus, aus heutiger Sicht halte ich es da schon lieber mit Buddha der ja seinen Schülern auch immer irgendwas von der Kunst des Mittelwegs erzählt hat, jetzt muss ich breit grinsen, nur nicht festlegen, immer in der Mitte

durchschummeln, Buddha muss ein Wiener gewesen sein.
Ich war doch eigentlich immer ein kreativer Kopf und bin in dieses Beamtendasein hauptsächlich aus Sicherheits-überlegungen hineingestolpert, von der Erziehung geprägt, Werbung, Medien und der Wohlstand, an den man sich, mit einem monatlichen Fixgehalts schnell gewöhnt, haben dann den Rest erledigt, aber in letzter Zeit macht sich in mir immer mehr ein Gefühl des Unbehagens breit und ich glaube, dass der Weg, den ich da jetzt eher unfreiwillig eingeschlagen habe, vielleicht ein richtigerer sein könne, gibt es eigentlich eine Steigerung von richtig.

Also dieser Weg war jetzt zumindest einmal der richtige, den kenne ich mittlerweile blind, der Weg von der „Kornblume" zu meinem kleinen ruhigen Refugium, wenn man in Gedanken ist, vergeht so ein Spaziergang wie im Flug, zu essen gibt es heute nichts mehr, nachdem ich mir vor dem Abmarsch noch zwei von Pennys köstlichen Kokos-Brownies gegönnt habe, also eigentlich wurde ich schon fast von ihr dazu genötigt aber so stark ist mein Wille dann doch noch nicht, und da ich nicht nur mein Smartphone versenkt, sondern als Zeichen meines Neuanfangs auch bald einmal den alten Fernseher auf die Deponie gebracht habe, fällt auch meine Abendgestaltung überschaubar, aber bewusst gewählt aus.

Eine kurze Yogapraxis auf der kleinen Terrasse mit Blickrichtung untergehende Sonne, dank der zu reichlich verzehrten süßen Köstlichkeiten werden Vorwärtsbeugen heute vorsichtshalber ausgelassen, aber schon alleine die Energie der wärmenden Abendsonne, die ich vor nicht allzu langer Zeit mit den Worten: „Ja, eh schön, ein Sonnenuntergang.“ abgetan hätte, ist heute eine Wohltat für mich.

Als Kopfmensch und im Zuge der ersten Euphorie musste mir auch erst einmal bewusstwerden, dass Yoga nicht zwangsläufig mit Akrobatik in Zusammenhang steht, wie es einem die bunten und vermutlich größtenteils nachbearbeiteten Bilder und Videos im Netz, von sonnengebräunten athletischen jungen hübschen Damen, allesamt Ex-Models und Influencerinnen in knappen Outfits und verdreht wie eine Bretzel, vorgaukeln. Jetzt fragt man sich dann natürlich, machen blade schirche Menschen wie ich kein Yoga, oja schon, aber wir Normalos werden halt nicht von den Unternehmen gesponsert und in Szene gesetzt, die ihre neueste nachhaltige, aus tibetanischem Bio-Yak-Scharmhaar handgeklöppelte und für meinen Geschmack jedenfalls weit überteuerte Fitnessmode an den Mann oder vielmehr an die Frau bringen möchten, aber das ist nur meine bescheidene Sicht aus der Froschperspektive, aus der ich möglicherweise das große Ganze nicht erkennen kann.

Also stehe ich in einer ganz und gar nicht nachhaltigen und vermutlich in Vietnam oder Bangladesch industriell gefertigten uralten, aber zu schade zum Wegschmeißen, Jogginghose vor meiner Hütte und wähle für meine Abendpraxis behutsame Drehhaltungen aus, die sich ja auch positiv auf die Verdauung auswirken sollen, ich wende mein Gesicht dem untergehenden roten Feuerball zu, ganz ohne Webcam und ohne Selfie, und lege den Fokus auf die Atmung, durch die Nase ein, zwei, drei, vier, kurz halten und durch die Nase aus, zwei, drei, vier, kurze Pause, einatmen …

#

„Bekenne deine Sünden vor Gott und bereue, so wird dir vergeben werden, meine Tochter.“ Dumpf aber routiniert, so kann Grete Buxbaum die Worte des Prälaten auf der anderen Seite des Holzgitters vernehmen, doch der Sinn steht ihr heute nicht nach Beichte und sie fällt gleich mit der Tür ins Haus, beziehungsweise in den Beichtstuhl, als sie um kirchlichen Rat ersucht oder vielmehr auf göttlichen Beistand hofft.

So könne es doch nicht weitergehen, diese Blasphemie wäre ihr ein Gräuel, ebenso wie die Tatsache, dass ihr geliebter Alois, dem sie unter Höllenqualen das Licht der Welt geschenkt habe, mit dieser frevelhaften Person nun schon längere Zeit in wilder Ehe lebe und von dieser personifizierten Versuchung auf falsche Bahnen gelenkt werde.

Die gesamte Rosenkranzrunde habe ebenfalls gemeint, dass man etwas unternehmen müsse, quasi einen Kreuzzug gegen die Verderbtheit und mit einem kurzen geschichtlichen Exkurs unter Verweis auf Papst Urban II. unterstreicht dann Frau Bürgermeister ihre Aufforderung noch mit einem theatralischen: „deus vult!“.

zweiter Tag.

Täglich grüßt das Murmeltier, schön, für mich ist Routine mittlerweile schön und wichtig geworden, also erst mal aufstehen, raus auf die Terrasse, kühl aber halbwegs angenehm, die Morgenluft wird mit jedem tiefen Atemzug angenehmer, Morgenmeditation, Gedanken ziehen lassen, immer noch sehr schwer aber Übung macht den Meister, wobei Meister will ich ja eh keiner werden, dann ein paar aktivierende Yogaübungen also steh ich jetzt da im Dreieck, diese indischen Ausdrücke …irgendwie-Asana kann ich mir einfach nicht merken, tut aber auch nichts zur Sache, also starke Beine, den Oberkörper seitlich gebeugt sodass die gesamte Flanke gedehnt wird, lustig, bei dem Wort Flanke denk ich immer an ein edles Streitross, sehr poetisch und hat im Moment so überhaupt nichts mit mir altem Ackergaul zu tun, oder vielleicht eher an ein Medium gegrilltes Flanksteak, früher vielleicht einmal, wie sich die Zeiten ändern, so jetzt aber die Gedanken ziehen lassen und Rumpf aufdrehen, Weite im Herzraum und den einen Arm kräftig in den Himmel gerichtet den anderen Arm runter zum vorderen Bein, soweit es halt geht, ich erwisch noch immer nicht die große Zehe mit den Fingern, bei Marie sah das alles immer so spielerisch aus, wurscht, ich leg die Hand auf dem Schienbein ab, auch gut, Kopf locker und Blick zur oberen Hand gerichtet. Diese Übung soll angeblich den Geist fokussieren und die Atmung vertiefen, also ruhig durch die Nase atmen und die Gedanken jetzt dann aber wirklich endlich ziehen lassen.

„namaste commissario!“ … „Morgen Loisl!“, Müsli, Beeren, grüner Tee und dieser göttliche Bio-Espresso, zum niederknien, Mmmmh, heute gönnt sich Penny auch ein „Guten-Morgen-Kaffeetscherl“ und setzt sich zu den „Buben“ auf die Bank, wie sie das so liebevoll zu formulieren pflegt, Augen zu, Gesichter in Richtung Morgensonne, warm, schön, in diesem Augenblick geht es mir einfach nur gut, wie schon die ganze letzte Zeit, so muss es sein, fühlt sich so Glück an, keine Ahnung, hab ich eigentlich schon gesagt, dass ich absolut auf Morgenroutine stehe, also jedenfalls auf so eine.

„Guten Morgen, alles Roger in eurer Kommune?“ reißt uns der Gruber Bertl aus unserer koffeinschwangeren restmüden Morgenmeditation auf dem sonnengewärmten Bankerl, also der Herr Diplom-Ingenieur Albert Gruber. Der einzige Bauer hier in Nest an der Wild, der seinen Hof auf nachhaltig produziertes Biogemüse umgestellt hat, der hat jetzt ungefähr genauso viele Freunde im Dorf wie die Penny und der Alois, seitdem er seine Schweinderln verkauft und gegen Zucchini und Paprika eingetauscht hat. Na zumindest sind die Grubers noch bei der Dorfmusik, er spielt die Tuba und seine Frau Querflöte, so hat man nicht komplett den Anschluss in der Gemeinde verloren. Aber ihr Bio-Gemüse vertreiben sie am Wochenmarkt in

Krems und an ausgewählte Gastronomen, die ihre Qualität und die damit leider auch einhergehenden etwas höheren Preise zu schätzen wissen, so wie die Belegschaft der „Kornblume".
Angeblich soll der Bertl auf der Uni sogar einmal ein Pantscherl mit der Penny gehabt haben, also Pantscherl sagt der Wiener oder vielleicht noch der Bayer zu einer Liebelei, eine lockere Affäre könnte man vermutlich dazu im Duden nachlesen, aber das ganze Dorf munkelt darüber und die Frau Gruber soll eine ziemlich eifersüchtige Xanthippe sein. Darf man heute ein solches Synonym für ein zänkisches Weib, um beim Duden zu bleiben, überhaupt noch in den Mund nehmen, wurscht, den drei Studienkollegen dürfte die Rederei jedenfalls ziemlich Powidl sein, also der Penny dem Alois und dem Bertl, und das mit der Göttergattin muss sich der Herr Ingenieur eh selbst ausschnapsen. Der ladet aber jetzt erst einmal zwei Steigen mit dem buntesten Gemüse-Allerlei von seinem neuen Lasten-E-Bike und stellt sie direkt in die Gaststube, der Loisl folgt ihm auf den Fuß und kurz darauf hört man auch schon das Zischen der Espressomaschine.
Penny grinst zufrieden, nickt und meint nur, dass die Öko-Community stetig wachsen würde, auf kurz oder lang würden die Menschen schon verstehen, dass man nur mit der Umwelt könne und nicht dagegen, na ihr Wort in Gottes Ohr, die Hoffnung stirbt ja bekanntlich zuletzt und zwischenzeitlich werde ich noch ein bisschen Morgensonne tanken,

bevor ich ohne Sunblocker nicht mehr ins Freie kann wie in Neuseeland, Augen zu, nur kurz, schön.

#

Zeitgleich ist man im Rathaus wie immer recht ratlos, die Situation ist verfahren, aber egal, Bürgermeister Franz Josef Buxbaum lächelt seine Sekretärin verschmitzt an, in ihrer weißen Bluse und dem üppigen Dekolleté sieht sie ja wieder einmal zum Anbeißen aus, nicht so wie seine mausgraue Gattin. Gut gemacht, denkt sich das Gemeindeoberhaupt, die letzte durchaus herzeigbare Frau unter Dreißig, die noch nicht die Landflucht ergriffen und in die Großstadt gezogen ist, hat er sich mit einem lukrativen Angebot als Assistentin geangelt. Natürlich auf Gemeindekosten, aber bei seinem harten Arbeitsalltag brauche er ja schließlich zwischendurch auch was für´s Auge. Warum man Sekretärinnen aber jetzt plötzlich Assistentin nennt, wird ihm immer ein Rätsel bleiben.

„Schon wieder ein Antrag, diesmal von der Winzervereinigung." reißt die hübsche junge Frau ihren Chef aus seinen Gedanken, knallt ihm die heutige Post recht forsch auf den Schreibtisch und schüttelt dabei fast schon lasziv ihre brünette Mähne, Karin Sonnleithner weiß genau, was sich der alte Lustmolch schon wieder denkt, wenn er ihr in den Ausschnitt klotzt, zudringlich ist er noch nie geworden, das würde sich der Ortskaiser bei ihr

nicht trauen, sie wäre im Stande und auch in der Lage, ihm die bürgermeisterlichen Grapschfinger zu brechen, neben einer HAK-Matura und einem Bachelor in Finanzmathematik hat die Dame auch einen schwarzen Gürtel in Karate, der Job, obwohl gut bezahlt, ist für sie nur ein Durchlaufposten, sie tendiert vielmehr zu einer beruflichen Laufbahn im Ausland und hat auch schon einige Angebote von Banken in Deutschland und der Schweiz in der Tasche. Bis zu ihrer endgültigen Entscheidung soll er aber ruhig noch ein paar Monate blechen der alte Depp und dann ab durch die Mitte, weg von den antiquierten Ansichten und den lüsternen Blicken ihres Brötchengebers.
Warum sich der Alois das antut, hier in Nest an der Wild, dass kann sie nicht verstehen, der war ja schon in der Schule immer ein bisschen anders und fesch, aber jetzt steht er augenscheinlich auf diese Hippie-Braut und macht auf Öko dabei hätte er doch auch mit ihr … na was solls, never mind.

„So ein verdammter Mist!“ lässt der Herr Bürgermeister seinem Unmut freien Lauf, zuerst die Viehzüchter und jetzt die Winzer, ein Antrag nach dem anderen, selbst konnten die Bauern ihre Töchter und Söhne nicht im Ort halten, aber er solle seinen Sprössling nun das Dorfgasthaus wieder wegnehmen, nur weil der Umsatz an Fleisch und Wein rückläufig sei. Er könne ja von heute auf morgen jetzt auch keinen passenden Restaurantfachexperten aus dem Hut zaubern der im

alten „Kirchenwirt“ nunmehr „Kornblume“ jeden Tag ein Spanferkel oder gar einen Ochsen am Spies brät und literweise Wein ausschenkt, dann müssen seine Dorfbewohner halt zu Hause mehr fressen und saufen oder mehr exportieren, soll er gar auch noch den Konsum seiner Bürger reglementieren, was glauben die eigentlich. Gut, wirklich glücklich war er ja auch nicht, als ihm der Loisl sein Gastronomiekonzept präsentiert hat, vegan und alkoholfrei in Nest an der Wild, ein Schwachsinn sondergleichen, aber der alte Wirt hat seinem Sohnemann das Häusel um einen Pappenstiel verkauft und jetzt ist es halt so wie es ist.
Dass die blöde Sekretärinnen-Tussi jetzt einwirft, nächstes Jahr seien Gemeinderatswahlen, macht die aktuelle Lage auch nicht besser, so gut sieht sie eigentlich auch gar nicht aus, die Frau Oberg´scheit, aber sie hat schon recht, irgendetwas muss passieren. Vielleicht sollte er wieder einmal seinen Amtskollegen in der tschechischen Partnergemeinde kontaktieren, da könne man eventuell etwas anleiern, ein Exportabkommen oder es lässt sich zumindest ein williger tschechischer Wirt finden oder noch besser, eine willige tschechische Wirtin, ja genau, Kopfkino, eine extrem willige, lacht der Bürgermeister in sich hinein.

#

Die Sonne nimmt ab Juni sogar im Waldviertel täglich fühlbar an Kraft zu und nachdem uns der

Bertl bei einem Kaffeetscherl noch mit einem Schwank aus seinem harten bäuerlichen Alltag beglückt hat, bevor er wieder von Dannen zog, haben sich Penny, AJ und ich auf bequemen, na gut für mich nicht allzu bequemen, Sitzkissen niedergelassen, die große Eiche im Gastgarten spendet uns etwas Schatten und ich erhalte eine Auffrischung in Wechselatmung, ich glaub auf indisch heißt das „Nasen-Schongang“ oder so ähnlich, hab ich nicht ganz verstanden, soll aber bekanntlich zu innerer Ruhe führen, harmonisierend auf den ganzen Körper wirken und die Konzentration fördern und ist überhaupt ganz super. Na gut, also wieder einmal atmen, über das eine Nasenloch ein und über das andere aus und länger aus als ein, in der Reha hab ich das schon gemacht aber alleine nehme ich mir dafür nicht so viel Zeit, lieber übe ich komplizierte Yogastellungen, in die ich mich mühsam hineinquäle und eh nicht lange halten kann und von ruhig Atmen ist dann sowieso keine Rede mehr, dann ärgere ich mich wieder darüber, dass ich nicht bei den Basics bleibe und mich nur langsam steigere, wäre vermutlich die richtigere Vorgehensweise aber was ist schon richtig und hin und wieder ein bisschen experimentieren schadet ja auch nicht, oder, es muss sich halt gut anfühlen und soll nicht überfordern, in der Ruhe liegt die Kraft, aber dafür habe ich ja gottseidank meine beiden Lebenskünstler, die mich immer wieder sanft auf den Boden der Realität zurückholen und anleiten. Also mit Daumen und Ringfinger

werden abwechselnd die jeweiligen Nasenlöcher verschlossen und los geht's, links ein, zwei, drei, vier, kurz halten, rechts aus, zwei, drei, vier, fünf, sechs, sieben und acht, puh, gar nicht so leicht, jetzt rechts ein auf vier, kurz halten und links aus auf acht, okay, langsamer und vor allem achtsamer ausatmen, sonst geht sich das bis acht nicht aus ...
Als wir dann im Anschluss entspannen und Penny gerade ein Mantra anstimmen will hören wir plötzlich ein vorerst undefinierbares Geräusch näherkommen, irgendwie rufen oder Sprechchöre, nicht sehr laut aber beharrlich monoton, und in mir kommen jetzt Erinnerungen an meine frühen Stadioneinsätze als Polizeischüler hoch, wie hab ich das gehasst und vom einen auf den anderen Moment verspanne ich mich merklich.

„Kruzifix und Rosenkranz, bei Gotteslästerung null Toleranz!" ruft der weibliche Teil der Dorfbevölkerung, gut, ganz rund klingt der Slogan ja nicht, aber er reimt sich zumindest und suggeriert dem Hörer unmissverständlich, was die Damen im Sinn haben, die sich mit ihren Transparenten und Schildern, die mit weiteren eindeutigen Forderungen beschriftet sind, angeführt von einem großen, festlich geschmückten Holzkreuz, fast im Gleichschritt von der Kirche kommend, immer weiter in Richtung „Kornblume" bewegen.

Die Damenrunde um Grete Buxbaum hat sich an diesem Tag gleich ganz früh im Pfarrheim versammelt und ihr ganzes gottgegebenes handwerkliches Geschick in diese Holzschilder gesteckt, Frau Bürgermeister hätte am liebsten: „Verbrennt die Hexe!“ auf ihr Transparent geschrieben, sich aber nach kurzem Überlegen doch für: „Hier ist kein Nest für Blasphemie!“ entschieden. Man holte noch das alte geschnitzte Kruzifix hervor, welches eigentlich nur zu Fronleichnam, zur Palmweihe und zu anderen kirchlichen Festlichkeiten Verwendung findet, aber heute demonstrativ den Zug anführt, was aber nur billig und recht ist, denn schließlich ritt auch Gottfried von Bouillon an der Spitze seines Heers anno 1099 mit einem Kreuz voran in Jerusalem ein.

AJ sieht mich betroffen an und meint nur, er habe schon geahnt, dass so etwas passieren könne, die Kirche und insbesondere die Rosenkranzrunde wäre der gesamte Lebensinhalt seiner Mutti und Jesus Christus für sie nun mal der Größte überhaupt. Penny, die diese Situation vielleicht noch nicht ganz erfasst hat, schmunzelt nur, stimmt in ein lautes fröhliches „Jesus Christ Superstar, na na nana na na nanana!“ an und bewegt ihre ausgestreckten Hände als würde sie Palmwedel schwingen.

Mir ist nicht ganz klar, ob sie damit den Loisl nur noch zusätzlich ärgern oder ihre Anspannung überspielen will und wie ich Penny jetzt offensichtlich sehr vorwurfsvoll ansehe, meint sie nur schulterzuckend, wenn man erst einmal erkannt hat, dass alles nur ein Traum ist und diese ganze Situation kann ja jetzt bloß ein Traum sein, dann muss man doch lachen und singen, das steht angeblich irgendwo in einer alten Schrift des tantrischen Buddhismus. Gut, das verstehe ich nicht wirklich, aber für Erklärungen und Diskussionen ist jetzt definitiv nicht die richtige Zeit.

Vielleicht ist sie ja wirklich so eine coole Socke oder hatte heute auch einfach ein Tüterl zu viel, aber da ich aus eigener Erfahrung weiß, wie schnell die Lage einer, vorerst so friedlichen Kundgebung eskalieren kann, schalte ich unterbewusst sofort in den Einsatzmodus. Ich teile AJ ein, im Rathaus anzurufen, die Gemeindearbeiter sollen die Frauen zur Umkehr bewegen, das ginge viel schneller, als wenn erst ein Streifenwagen von weiß Gott woher nach Nest an der Wild brausen muss, schließlich muss eine solche Demonstration angemeldet sein und das Rathaus habe im jeweiligen Ortsgebiet für deren friedliche Abhaltung zu sorgen. Penelope, immer noch den Titelsong dieses bekannten Musicals trällernd, wird von mir höflich aber bestimmt in die Gaststube bugsiert, um die Situation nicht noch zusätzlich anzuheizen und ich gehe den Damen entgegen, versuche beruhigend auf den Mob einzuwirken und zu deeskalieren. Früher war man ja bei Polizeieinsätzen gegenüber Demonstranten nicht immer sehr tolerant, Knüppel aus dem Sack und räumen, also wenn ich da an die eine oder andere Opernballdemo in den ´90ern zurückdenke, hui hui, das traut sich heute kein Offizier mehr anordnen und die Frischg´fangenen, die sind maximal Lactose-intolerant, mit denen gewinnst du keinen Krieg wenn´s anbrennt. Die Zeiten haben sich geändert, gottseidank und nicht immer zum Schlechteren, aber ich hatte schon in der Vergangenheit oft das Glück, den größten Teil meiner kritischen Amtshandlungen verbal klären zu können, niederreden statt niederschießen quasi. Aber wie ich die Lage gerade einschätze, alleine auf weiter Flur und so kurz davor von einer Horde religiös-fanatischer Walküren überrannt zu werden, ich bin mir nicht sicher, ob das ein gutes Ende nimmt.

#

„Commissario Superstar, na na nana na na nanana!“ singt Penny jetzt, als wieder Frieden eingekehrt ist und der AJ bekommt langsam wieder Farbe im Gesicht. Ich weiß schon, alles nur ein Traum und nix hat wirklich Bedeutung oder so ähnlich, okay, aber ehrlich gesagt, so dramatisch wie es hätte werden können, war es dann doch nicht. Nest an der Wild ist nun mal nicht Chicago und die Rosenkranz-Walküren haben ganz gut auf meinen blöden Wiener Schmäh reflektiert. Ein bisschen charmant, ein bisschen bestimmt, gut ausbalanciert, das zieht halt in der Damenwelt, auch im finstersten Waldviertel, ich musste dann noch versprechen, dass ich nächsten Sonntag zur Messe kommen würde und war aber auch ganz froh, als dann drei Arbeiter vom Bauhof zur Unterstützung gekommen sind und mich vor weiteren Zugeständnissen bewahrt haben. Wobei herbei geeilt wäre bestimmt Zuviel gesagt, aber zumindest ist überhaupt wer gekommen, die jeweiligen drei Ehegattinnen sind gleich aus der Formation ausgeschert und haben ihre Männer in Beschlag genommen, worauf nun auch die anderen Frauen schlagartig ein neues Feindbild auserkoren und ihre Entrüstung auf das Rathaus konzentriert haben. Man werde doch noch friedlich seinen Unmut äußern dürfen ohne von den Gemeindearbeitern in die Schranken gewiesen zu werden. Den nunmehr entfachten Tumult hab ich dann beinhart ausgenutzt und mich in die schützenden Gemäuer der „Kornblume" zurückgezogen und vom Fenster aus konnten wir dann beobachten, wie sich die Gruppe allmählich aufgelöst hat. Eine klassische Reconquista hätte ich mir anders vorgestellt, aber die Rosenkranzdamen wurden ja auch nicht von einem charismatischen El Cid angeführt, sondern von AJ´s Mutter, die bis zuletzt ihr Schild in die Höhe hielt. Als sie jedoch merkte, dass sie nur mehr alleine auf der Hauptstraße stand, musste sie sich schlussendlich auch wieder zurückziehen.

Also ich bin nicht unglücklich über diesen Ausgang … und Superstar, na ich weiß nicht recht, aber zumindest in den Augen meiner beiden Jungakademiker, in ihrer batikbunten Seifenblase, habe ich vermutlich die frevelhafte Penelope heldenhaft vor der sicheren Hexenverbrennung bewahrt.

#

Im Pfarrheim ist man mit dem Ergebnis der geplanten Rückeroberung des heimischen Glaubens jedenfalls nicht einverstanden, also zumindest was die Frau Bürgermeister betrifft, die anderen Damen planen schon wieder das nächste Pfarrkränzchen, tauschen Kuchenrezepte aus während sie die Transparente und Schilder in einer Abstellkammer verstauen. Sie sind sich auch nicht ganz einig, was sie jetzt von dem Zugereisten halten sollen, der ja einerseits ganz charmant war, sich am Dorfleben aber so überhaupt nicht beteiligen würde, ein Großstadtmensch eben und so ganz anders als die männliche Dorfbevölkerung hier. Aber der hat ja ohnedies versprochen, bald einmal in die Kirche zu kommen, da könne man ihn dann genauer unter die Lupe nehmen.

Grete Buxbaum könnte jedenfalls aus der Haut fahren, diese einfältigen Schreckschrauben, alles war so gut von ihr geplant und dann lassen sie sich von so einem komischen Wiener einbraten, küss die Hand die Damen, nur die Ruhe, sie werden doch nicht, und so weiter, blabla … und die alten frustrierten Schachteln vergessen natürlich sofort ihren gottgewollten Auftrag, hätte sich das Kreuzfahrerheer bereits beim ersten Widerstand schon abbringen lassen stünden sie noch heute mit Sack und Pack im Hafen von Neapel oder weiß Gott wo, würden Pizza essen und diskutieren, wer bei der Überfahrt ins Heilige Land auf der Steuerbord- und wer auf der Backbordseite sitzen darf. Mit diesen Landweibern sei jedenfalls so ein heiliger Krieg nicht zu gewinnen, mit dieser Interview-Geschichte habe ihr diese Penelope zwar in die Hände gespielt und die Rosenkranzrunde war auch ganz aufgebracht, aber bei Kaffee und Malakoff herrschen jetzt schon wieder andere Themen vor. An der Kundgebung nahm man vermutlich nur aus Loyalität zu oder aus Angst vor der Frau Bürgermeister teil, eine Herzensangelegenheit war es nur für Grete Buxbaum, vermutlich sei man die Sache von Anfang an falsch angegangen aber wenn sie ihren geliebten Filius den Fängen dieser Hippie-Hexe entreißen wollte, musste sie jetzt andere Register ziehen, soviel steht fest.

Eine Kanne mit dampfendem Filterkaffee in der einen Hand und einen Teller voller Punschkrapferln in der anderen betrat sie den Gemeinschaftsraum des Pfarrheims und verkündete mit gespielter Euphorie: „Meine Lieben, greift nur ordentlich zu, ohne Mampf kein Kampf!“ und während sich die Damen schlürfend und schmatzend an dem großen runden Tisch niederlassen, fasst Frau Bürgermeister bereits einen neuen Plan, drastisch, ja vielleicht, aber notwendig!

#

Ich habe mich dann auch ziemlich bald auf den Heimweg gemacht, die Stimmung in der

„Kornblume“ war irgendwie surreal, der AJ war wegen der Kundgebung und der offenen Feindseligkeit der Rosenkranzrunde schon sehr betroffen, machte sich ganz offensichtlich große Sorgen um seine Lebensgefährtin und meinte immerzu kopfschüttelnd, wer könne schon wissen, was der Mutti noch alles einfallen würde. Penny wiederrum war überraschend gut gelaunt und war überzeugt davon, dass ihre Jesus-Theorie die Welt wachrütteln werde, die Frauen im Dorf habe ihre These zumindest schon einmal nicht kalt gelassen und ihre heftige Reaktion komme fast einer mittelalterlichen Hexenaustreibung gleich, was jedenfalls um vieles besser sei als die geplanten Interviews.
Das Ganze müsse sich so in ihrer Diplomarbeit niederschlagen, nach dem Motto, wozu überzeugte Dörfler fähig sind, wenn sie auf unkonventionelle Ansichten treffen.

Da wir drei dann nicht mehr wie zuvor geplant mit unserer kollektiven Wechselatmungsübung weitergemacht haben, lege ich auf halber Strecke zu meiner Jagdhütte eine Pause ein und setze mich ans Ufer des Wildbaches, der dort entlang des Weges fließt. Wasser übte schon seit jeher eine Faszination auf mich aus, auch wenn dieses Bacherl jetzt nicht gerade Mutter Ganges ist, so zieht mich dieses Element doch irgendwie in seinen Bann. Ich lasse mich also an einer schattigen Stelle auf einem trockenen Stein nieder, nicht im bekannten

Lotussitz, den Knoten bekomme ich bestimmt nie in meine ungelenken Beine, aber Wurscht, nur aufrecht dasitzen und das fließende Wasser beobachten, dem Plätschern lauschen, Ruhe, Atmung … so war es zumindest gedacht aber meine Gedanken fahren Achterbahn. AJ und Penny kommen mir immer so ausgeglichen vor, dann sitzt der Eine da und ist am Verzweifeln, ich meine so dramatisch war die heutige Möchtegern-Demo dieser Landpomeranzen ja dann auch wieder nicht und die Andere ist so gut drauf, obwohl sie die ganze Sache ja ins Rollen gebracht hat, oder war das von ihr sogar beabsichtigt? Ist das ausgeglichen, ist das buddhistisch oder yogisch oder was auch immer?

Du alter Depp, du saublöder arroganter Pimpf, beschimpfe ich mich gedanklich selbst, verdrehe die Augen und tippe mir an die Stirn als würde ich mir einen Vogel zeigen. Ich glaube da ist wieder dieser Eichelhäher von gestern und es hört sich diesmal an, als würde er mich auslachen, recht hat er, seit ein paar Tagen Hobby-Yogi, wer bin ich schon die beiden liebenswürdigen jungen Leute zu bewerten, die mich so selbstlos aufgenommen haben, sie zu verurteilen, unbegründet, oder? Ich glaube, da mischen sich alte Muster unter meine Gedanken, einmal Kiberer immer Kiberer, aber früher wäre mir so etwas gar nicht aufgefallen, also werte ich es einmal als einen kleinen Fortschritt, wobei Marie dazu bestimmt gesagt hätte, bewerte gar nicht, jeder Gedanke darf da sein, betrachte ihn und lass ihn

wieder ziehen. Die hat gut reden, leichter gesagt als getan.
Also schließe ich die Augen und konzentriere mich auf das Rauschen des Wildbachs, wobei Rauschen wäre jetzt schon fast Zuviel gesagt und würde vielleicht einen tosenden Wasserfall implizieren, hallo, nicht bewerten! Also lieber Plätschern und das beruhigt mich allmählich, ohne wilde akrobatische Übungen, ohne Mantras und diesmal auch ohne Atemzüge zählen oder so, ganz ohne nix, einfach nur ruhig dasitzen, Atem fließen lassen und lauschen, so natürlich, den Augenblick genießen, irgendwie … schön.

#

„Dobre dan, Herr Bürgermeister, unser Kontaktmann hat mir ihre Nummer gegeben und ich wollte bestätigen, dass wir ihnen in ihrer pressanten Angelegenheit gerne weiterhelfen. Ich habe gehört, nächstes Jahr sind Wahlen bei ihnen und da ist dann doch etwas Eile geboten. Im Gegenzug würde ich demnächst ebenfalls einen kleinen Gefallen von ihnen einfordern, wie sagt man bei ihnen so schön, eine Hand wäscht die andere. Ich gehe davon aus, wir verstehen uns, in diesem Sinne, alles Gute!“

Franz Josef Buxbaum sitzt am frühen Abend noch in seinem Arbeitszimmer im Rathaus, kommt durchaus öfter vor, also nichts Besonderes und was würde er zu Hause schon verpassen. Die Göttergattin liegt vermutlich eh wieder schlaftrunken vor dem Fernsehapparat und irgendein Rosamunde-irgendwas-Schwachsinn flimmert über den Schirm, darauf konnte er gerne verzichten. Er hätte zwar gehofft, dass auch das Fräulein Sonnleithner heute noch etwas länger bleiben würde, aber die musste ja dringend weg, typisch. Er hat aber definitiv nicht damit gerechnet, dass er so rasch einen Rückruf aus Tschechien erhalten würde. Am Nachmittag hat er zwar seinem Amtskollegen in der Partnergemeinde kurz nach der Grenze sein Leid geklagt und dieser habe ihm auch Unterstützung in seiner problematischen Lage zugesagt, aber ein paar Stunden später schon alles unter Dach und Fach, die Be´m sind halt auf Zack.

Wobei, bei dem Gedanken an diesen „kleinen Gefallen“, der offenbar demnächst eingefordert werde, war dem Herrn Bürgermeister dann aber doch etwas flau in der Magengrube. Was könnte das nur sein, keine Ahnung, jetzt war nur wichtig, dass sich die Stimmung in seiner Gemeinde wieder beruhigte. Seine Frau und die anderen Weiber mussten mit ihrer blöden Demo noch zusätzlich Öl ins Feuer gießen, obwohl seine Wiederwahl anstand, ungünstig ja, aber welcher Gegenkandidat sollte ihm schon gefährlich werden. In dieser Hinsicht war Nest an der Wild schon fast weiter östlich, als die tatsächliche geographische Lage hergeben würde.

So jetzt aber auf zum Feuerwehrhaus, da stand heute noch eine Besprechung mit anschließender Löschübung an. Da durfte der Kommandant schließlich nicht fehlen und die Themen, die zur Abstimmung standen, waren glücklicherweise überschaubar. Das neue Kommandofahrzeug wurde ohnedies schon bestellt, die Zustimmung ist nur noch Formalsache und der grüne Veltliner für die großangelegte Durstlöschung hat bestimmt schon Einsatztemperatur.

#

Fuchsteufelswild stürmt der Herr Prälat in die Sakristei, müht sich aus seiner Sutane und nimmt sich nicht einmal wie sonst die Zeit, seine Amtstracht sorgfältig aufzuhängen, pfeffert sie in eine Ecke und stößt ein verzweifelt fragendes: „Herr, warum strafst du mich nur so?“ aus.

Jetzt genehmigt er sich erst einmal einen großen Schluck eiskalten Messwein direkt aus der Flasche.

Na gut, grundsätzlich kann sich Hochwürden ja nicht wirklich beschweren. Seine Kirche ist im Vergleich zu den Nachbargemeinden immer gut besucht, sowohl die Früh- als auch die Abendmesse, auch unter der Woche und nicht nur zu Ostern und Weihnachten. Aber diese überfrommen erzkatholischen Dorfweiber hier machen es ihm nicht leicht seinen kirchlichen Auftrag nach seinen Vorstellungen zu erfüllen. Bevor man den Kirchenmann ins Waldviertes versetzt hat, betreute er etliche Jahre eine Mission in Afrika, somit war ihm der gesamte Facettenreichtum des Glaubens und der Religionen gut bekannt. Daher betrachtet er auch die unterschiedlichen und für ihn nicht immer ganz nachvollziehbaren Haltungen des Vatikans durchaus mit kritischem Auge, aber Grete Buxbaum war vermutlich sein Sargnagel. Da wäre es ihm vermutlich eher gelungen, Mitglieder der Boko Haram zu taufen als diese alte frustrierte Schachtel etwas zu mäßigen. Okay, einmal runter vom Gas, die Frau Bürgermeister hat doch eigentlich nur die Gelegenheit genutzt, im Zuge der heutigen Fürbitten gleich nochmal die Werbetrommel für ihren Kreuzzug gegen diese Buddhisten-Penny zu rühren. Der weltoffene Kirchenmann sieht das naturgemäß etwas liberaler und kann zum anderen auch die Sorgen einer liebenden Mutter verstehen, aber gleich eine dreiviertel Stunde über gottgewollte Lebensweisen, Höllenqualen und Fegefeuer zu referieren, Opus Dei ein Dreck dagegen. Dabei hatte er eine so schöne und passende Predigt über Nächstenliebe vorbereitet, diese aus Nachsicht seinen Schäfchen gegenüber dann aber doch nichtmehr gehalten.

Noch ein tiefer Schluck Messwein und jetzt muss der Herr Prälat grinsen. Ihm fällt ein alter schwarz-weiß-Film aus seiner Jugend ein und sieht sich gedanklich als Don Camillo von Nest an der Wild und die Frau Bürgermeister als sein Peppone. Jedoch zumindest im Film antwortet der hölzerne Herrgott in der Kirche auf die Glaubens- und vor allem Gewissensfragen des Filmpfarrers und erteilt immer brauchbare Ratschläge. Im echten Leben hingegen, muss er seine Antworten heute wohl auf dem Grund der Weinflasche suchen: „in vino veritas!“ wie der alte Lateiner sagt, also prost!

dritter Tag.

„Commissario, Commissario!“ reißt mich ein Rufen noch vor Morgengrauen aus dem Tiefschlaf, ich erkenne die Stimme und mir kommt als Erstes nur ein sarkastisches: „Heute ohne namaste, Loisl?“ in den Sinn, aber da so neumodische Sicherheitskonzepte wie beispielsweise das Abschließen der Eingangstüre in Nest an der Wild absolut verpönt sind und man als Neuer ja auch nicht gleich mit liebgewonnenen Traditionen der Bevölkerung brechen will, steht AJ auch schon neben meinem Bett, schnauft und bekommt nur noch heraus: „Penny ist weg!“

Ich erschrecke, mehr vor mir selbst, als ich sage „Loisl, ich mach uns einmal einen Ingwertee, dann schaut die Welt gleich ganz anders aus.“, na grüß Gott, kann ein persönlicher Paradigmenwechsel tatsächlich so schnell von statten gehen? Okay, wir sind vor ein paar Stunden ja noch zusammengesessen, also kann es nicht so wild sein und meine berufliche Erfahrung, mittlerweile gefühlt aus einem früheren Leben, hat mir schon so oft gezeigt, nicht alles was sich anhört wie ein Vermisstenfall, ist auch einer und dass Penny den guten AJ verlassen haben könnte, davon gehe ich ja doch nicht aus.
Trotzdem lasse ich nicht unnötig Zeit verstreichen, ein paar Minuten vielleicht, dann bin ich halbwegs wach, es stehen zwei Häferln mit dampfendem Tee auf dem Tisch und der Alois berichtet, dass es

gestern noch einen Streit zwischen seiner Liebsten und ihm gegeben habe. Wobei Streit kann man eigentlich gar nicht sagen, aber er war halt doch der Ansicht, Penny solle sich das mit ihrer Diplomarbeit noch einmal durch den Kopf gehen lassen, dem Familienfrieden zuliebe. Also Penelopes Eltern wäre eh alles Wurscht aber Herr und Frau Bürgermeister seien diesbezüglich weniger phlegmatisch und von der Partnerwahl ihres Sprösslings ohnedies nicht sonderlich angetan und dann musste das komische Pärchen, also in den Augen des überwiegenden Anteils der Dorfbevölkerung, der Bürgermeistersohn und seine ihm Zugemutete, auch noch nach Nest an der Wild ziehen. Nicht unbedingt die besten Voraussetzungen für eine Wiederwahl befürchtet da der Herr Papa, daher versuchte AJ jegliche Konfrontation mit seinen Eltern zu vermeiden, obwohl er doch bedingungslos zu Penny stehen würde. „Hol mal Luft.“ sag ich und versuche zu beruhigen, aber nicht einmal, als er sich die Lippen am brühheißen Ingwertee verbrennt, stoppt AJ seine Schilderung.

Penny würde ja auch einsehen, dass ihre provokante Themenwahl den Unmut der Landbevölkerung auch noch unnötig geschürt habe, aber es sei schon so viel Zeit in die Masterarbeit investiert worden und sie wolle diese jetzt endlich fertigbekommen. Sie würde halt den Abschnitt mit der Demo der Rosenkranzdamen weg lassen und sich andere Interviewpartner suchen, dann halt in der Großstadt wo sie auf weniger Widerstand stoßen würde.

„Ja, aber sie wird dann doch nicht gleich gestern Abend noch nach Wien gefahren sein?“ frag ich und der Loisl meint nur, nein, bestimmt nicht, darum mache er sich ja solche Sorgen. Sie habe dann so gegen zwei Uhr in der Früh nur noch kurz in den Wald gehen wollen, um nachzudenken und zu „ernten“, das hat sie schon öfter gemacht. AJ selbst sei nach der hitzigen Diskussion eingeschlafen und vier Stunden später aufgewacht, aber da wäre die zweite Betthälfte leer und auch sonst weit und breit keine Spur von Penny auszumachen gewesen.

Dazu muss man jetzt erklärend hinzufügen, dass Penelope ihr „gutes Graserl“ für ihr „Tüterl“, das sie sich hin und wieder vergönnt, lieber selbst anbaut. Nicht nur aus Mangel an bekannten „Vertriebsstellen“ im Waldviertel, sondern vielmehr, weil das g´kaufte Klumpert mit lauter chemischem Scheiß gestreckt ist, wie sie immer betont und ihre Vorliebe für Bioqualität zieht die Gute halt beinhart durch. Deshalb könne sich die „Ernte“ schon mal nach den Mondphasen richten, meint AJ und er wäre da auch sehr verständnisvoll. Zweimal im Jahr probiere er ja auch ein paar Züge und er habe Penny sogar angeboten, sie könne die paar Stauden auch gerne im Garten anpflanzen, neben den Paradiesen, die Eingeborenen hätten eh keine Ahnung, aber sie wollte ihren Liebsten im Fall der Fälle da keinesfalls mit hineinziehen.

Er wüsste halt nicht, was er jetzt tun soll und weil ich ja doch einmal ein richtiger Polizist war, hat er sich halt gedacht …
Ja eh, ein herzensguter Mensch der Loisl, aber im echten Leben hilflos der Herr Magister. Aber was soll´s, wenn ein Freund Hilfe braucht, muss die morgendliche Meditation einmal ausfallen: „Okay, trink aus, ich zieh mir was an und dann schauen wir einmal zu der Stelle, wo Penny ihr Gras anbaut, weit kann sie ja nicht sein!“.

#

Der Alkoholspiegel der beiden Florianijünger ist noch nicht ganz auf Normalniveau abgesunken, wobei was ist schon normal, aber die gestrige Löschübung ist dann doch intensiver ausgefallen als geplant und was macht man nicht alles für das Gemeinwohl. Mit dem Pumpenwagen vom Feuerwehrhaus zum Löschteich in der Ortsmitte sind es ohnedies nur knapp 400 Meter, das ist durchaus auch mit ein paar Promille Blut im Alkohol zu schaffen, insbesondere für derartige Routiniers, auf welchem Gebiet sei dahingestellt. Also Schläuche raus, eine kurze Saugleitung ist rasch gelegt und Pumpe marsch. Warum jetzt ausgerechnet heute der Löschteich teilweise ausgepumpt werden muss, erschließt sich den beiden Jungspritzenmeistern nicht wirklich und warum man eigentlich genau die Zwei dafür ausgesucht hat, wurde gestern auch nicht näher thematisiert, aber in Vorfreude auf die heutige abendliche Einsatz-Nachbesprechung gibt man der Saugpumpe schließlich Vollgas.

Als dann einer der freiwilligen Feuerwehrmänner vom Teichufer her, durch das laute Dröhnen der Geräte kaum hörbar, seinem Kammeraden zuruft: „Pumpe stopp, sofort Pumpe stopp, da verstopft irgendwas das Saugrohr!“, kann man auch schon einen verfilzten blonden Schopf an der Wasseroberfläche sehen und als die beiden jetzt erkennen können, wodurch ihr wichtiger Pumpeinsatz so abrupt abgebrochen wurde, entfährt ihnen unisono ein: „Ich glaub, mir wird schlecht.“ und sie drehen sich fast synchron und kreidebleich hinter den Pumpenwagen, und Druckrohr auf!

#

Der Loisl ist jetzt schon ziemlich erledigt, wir haben in den letzten Stunden die beiden Platzerln abgeklappert, wo angeblich das „beste Graserl“ gedeiht und auch die umliegenden Wege, Felder und Wäldchen auf der Suche nach Penny abgesucht. Wir waren sogar in der Kellergasse, aber Fehlanzeige. Als wir jetzt in Richtung „Kornblume“ gehen, kann ich den zivilen Streifenwagen und den untersetzten Kriminalbeamten schon von Weitem erkennen. Intuition oder jahrelange Berufserfahrung, aber jetzt merke ich, wie sich mir die Nackenhaare aufstellen und sich ein mulmiges Gefühl in der Magengrube

ausbreitet. AJ wird von der ganzen Situation erst kurz vor dem Gasthaus überrascht.
„Alois Buxbaum?“ fragt der Polizist, der Loisl ist perplex und stimmt zu. Der Zivilbeamte stellt sich als Bezirksinspektor Maximilian Kaiser, Kriminaldienstgruppe Waidhofen, vor und fügt arrogant hinzu: „Sie können aber auch Kaiser Max sagen, das tun alle.“. Da ich solche Selbstdarsteller nur zu gut kenne und sehe, wie dem AJ schon das Wasser in den Augen steht, muss ich spontan loswerden: „Ich hoffe, wir müssen nicht gleich auf die Knie fallen, eure Majestät. Was können wir für sie tun?“.
Soweit ist meine yogische Transformation offenbar noch nicht vorangeschritten, denn die Bemerkung von mir kam wie aus der Hüfte geschossen, aber an Ruhe und Gelassenheit ist gerade nicht zu denken, da ich mir schon ausrechnen kann, was jetzt kommt. Der Gesetzeshüter straft mich ohnedies nur mit Ignoranz und wie erwartet hoffe ich vergeblich auf dessen Fingerspitzengefühl, als der Herr Bezirksinspektor AJ auffordert, er möge doch mitkommen, da man vor einer Stunde den leblosen Körper seiner Lebensgefährtin aus dem Löschteich gezogen habe.
Der Loisl schwankt, ich bin in letzter Sekunde zur Stelle bevor ihm der sprichwörtliche Boden unter den Füßen wegbricht und bugsiere ihn auf einen Stuhl im Gastgarten, um mich dann ganz und gar nicht achtsam und ausgeglichen an seine Hoheit zu wenden: „Als das Überbringen von Todesnach-

richten an der Sicherheitsakademie gelehrt wurde, waren sie ganz eindeutig auf dem Klo, sie Arsch!" worauf sich Kaiser Max dann doch auch noch mit einem „... und sie sind?" für meine Person zu interessieren scheint. Aber bevor der Beamte jetzt dem stammelnden Alois, der nur ein heiseres: „Com... Commiss..." von sich gibt, gehör schenkt, bewahre ich meine Anonymität vorerst und erkläre wahrheitsgetreu, ein Freund der Familie zu sein und mit Herrn Magister Buxbaum bereits den ganzen Vormittag nach der vermissten Frau Pospischil, B.A., gesucht zu haben. Wenn so viele akademische Titel in einem Satz vorkommen, verlässt solche Bauernscheriffs, wie wir in Wien damals die Kollegen der ehemaligen Gendarmerie gerne bezeichnet haben, immer schlagartig ihre Selbstsicherheit und auch aus DEM Kaiser wird postwendend der kleine Max, der jetzt beinahe im Flüsterton etwas von aufrichtigem Beileid von sich gibt. Da surfe ich doch gleich einmal weiter auf der Welle des Erfolgs, wobei man in dieser Situation keinesfalls von Erfolg sprechen kann, aber wenn ich den Herrn Kaiser schon mal soweit habe, lass ich nicht locker und schau einmal, wo uns das hinführt, einmal Kiberer immer Kiberer, und frag mal, ob es schon einen Hinweis auf den Tathergang gibt. Darauf teilt der Herr Bezirksinspektor jetzt bereitwillig mit, dass alles Glasklar wäre und man auch nicht von einem Tathergang sprechen könne, denn auch der Gemeindearzt, der die Totenbeschau vorgenommen habe, wäre sich sicher, dass die Dame ganz offensichtlich in den Löschteich gestolpert sein dürfte, natürliche Todesursache quasi. Alois schnauft hinter mir laut auf und schüttelt nur den Kopf, die Tränen rinnen in Strömen über seine Wangen und er bekommt keinen Ton heraus, also schnappe ich mir den möchtegern Adeligen und zieh in ein paar Meter weiter, der AJ muss ja nicht hören, dass ich jetzt mit Nachdruck nach der hoffentlich baldigst durchgeführten Obduktion frage, worauf ich nur Schulterzucken und Kopfschütteln zur Antwort bekomme.

Wieder ganz in mein altes Muster verfallend nehme ich jetzt Fahrt auf: „Okay, ist ja noch nix passiert, Staatsanwaltschaft anrufen, Leiche sicherstellen und deren Öffnung beantragen. Ich gehe davon aus, dass die StA Krems an der Donau zuständig ist. Sie wissen ja eh, Obduktion ist gesetzlich vorgeschrieben, für alle unnatürlichen Todesfälle und DAS ist ja wohl einer, da stimmen sie mir doch zu. Die Tote lassen sie noch heute zur Gerichtsmedizin überstellen, dort treffen wir uns Morgen, sie geben dem Herrn Magister Buxbaum noch die Zeit bekannt und dort kann dann auch die Identifikation der Frau Pospischil durch ihren Lebensgefährten erfolgen. Aber erst wenn die Leiche wieder hergerichtet ist! Alles verstanden?".

Bezirksinspektor Kaiser nickt nur, hat sich sogar ein paar Notizen gemacht und taumelt förmlich, vermutlich, weil ihm gerade klar wird, dass er aufgrund der Fülle an Aufträgen heute nicht schon um 16:00 Uhr beim Feierabendbier sitzen wird, in

Richtung Dienstfahrzeug. Er dreht sich noch einmal um und fragt jetzt doch noch einmal nach meinem Verhältnis zu der Verstorbenen. Mich erinnert die Situation irgendwie an eine alte Colombo-Folge und würde normalerweise fast lachen, nur danach ist mir jetzt wirklich nicht zu Mute und so quittiere ich seine Frage mit einem schroffen und nachdrücklichen: „Freund der Familie und Hobby-Jurist.". Mein eher ironisches „Hobby" vor dem Juristen dürfte beim Empfänger aber nicht so angekommen sein, da sich der Beamte jetzt fast ein bisschen stramm hinstellt und mit einem dienstbeflissenen: „Oh Herr Doktor, wird sofort erledigt." abtritt, ins Auto steigt und davonfährt.
Obwohl von mir diesmal absolut unbeabsichtigt, aber am Land zieht der g´fäude Wiener Schmäh halt immer noch.

#

Im Hause Buxbaum schweigen sich Herr und Frau Bürgermeister schon seit geraumer Zeit an, man ist ja nicht ganz unglücklich darüber, dass sich das Problem mit dieser Unruhestifterin quasi von selbst gelöst hat, aber der Alois ist halt jetzt sehr arm und man müsse sich doch wieder mehr um den Sohnemann kümmern, meint die Frau Mama. Dass die Rosenkranzrunde ganz aufgebracht war über Pennys blasphemische Theorien, hat Grete Buxbaum ihrem Mann ja bereits brühwarm erzählt, damit ist dieses Flittchen definitiv zu weit gegangen. Nicht

nur dass dieses unkonventionelle Weibsbild ihren geliebten Filius mit ihren weltfremden Ansichten immer mehr von seinen Eltern entfremdet hat, würde doch das Höllenfeuer auch den Alois erwarten, wenn er das Ruder nicht herumreißt, daher sei die gestrige Demonstration für eine christliche Lebensweise und gegen teuflisches Gedankengut auch unumgänglich gewesen. Aber es habe ja so kommen müssen, als man dem lieben Alois seine Flausen nicht austreiben konnte und der Sohnemann unbedingt zum Studium in die Großstadt ziehen musste, da war sein Schicksal besiegelt. Dann kehrte er aber auch noch mit diesem bunten Vogel im Schlepptau in die Heimat zurück, um obendrein auch noch ein veganes Wirtshaus zu eröffnen. Vegan UND alkoholfrei! Ja geht's noch, den Fleischhauer, die Viehzüchter und die Winzer im Ort so vor den Kopf zu stoßen und den Bauern irgendwelche Bio-Flöhe ins Ohr zu setzen. Dabei hätte er doch in die Fußstapfen seiner männlichen Vorfahren treten und in ein paar Jahren das Bürgermeisteramt von seinem Vater übernehmen können. Man hätte dem Alois schon den Weg geebnet, aber davon wollte der Weltverbesserer ja nichts wissen und jetzt habe eben eine höhere Macht die Weichen gestellt. Naja, Mutti werde schon dafür sorgen, dass der Sprössling wieder auf den rechten Weg zurückfindet.
Bürgermeister Franz Josef Buxbaum wurde den Gedanken nicht los, dass ihm seine bessere Hälfte etwas verschwieg. Okay, so essenziell kann das aber doch nicht sein, was kann in so einem Frauenkopf

schon vor sich gehen und andererseits musste die Göttergattin über ihn ja auch nicht immer alles wissen. Die Geschicke der Gemeindepolitik zu lenken, lag schließlich seit Jahrzehnen in seiner Hand und da weihte er auch niemanden ein. So habe es sein Vater und auch sein Großvater vor ihm gehalten und die seien damit immer gut gefahren. Grete hatte ihre Damen, die Rosenkranzrunde und den Ortsverschönerungsverein, und schließlich musste ja auch jemand den bürgermeisterlichen Haushalt führen. Dafür hatte er als Ortsvorsteher und Feuerwehrkommandant bestimmt keine Zeit und das traditionelle Rollenbild werde in Nest an der Wild eben noch hochgehalten. Globalisierung hin oder her, da gab es und gibt es bestimmt keine Diskussion. Nur der Loisl kommt immer mit so einem linken Propagandascheiß wie: „Ganze Männer machen Halbe-Halbe!“ daher. Von wem er so etwas nur hat, gut, fesch war sie ja, diese Penelope, vermutlich hatte sie seinen Sohn mit irgendwelchen exotischen Sexpraktiken in ihren Bann gezogen, aber jetzt stehe diese Femme fatale nicht mehr im Wege und man müsse den Kronprinzen schleunigst wieder auf Schiene bringen.
Exotische Sexpraktiken, der Bürgermeister grinste lüstern in sich hinein bevor sich seine Mine wieder verfinsterte, damit hat seine Grete bestimmt nix am Hut, dafür die Dorfweiber zu irgendwelchen depperten Demos anstiften, so etwas konnte das

Gemeindeoberhaupt nicht auch noch brauchen, ausgerechnet ein Jahr vor der Wahl.
Zuerst musste jedenfalls rasch einmal ein neuer Gastwirt für Nest an der Wild gefunden werden, der im altehrwürdigen „Kirchenwirt“ wieder Fleisch auf die Karte setzt. Bei dem Gedanken an einen knusprigen Schweinebraten lief dem Ortskaiser schon das Wasser im Mund zusammen, oder ein gutes Schnitzel in Schmalz ausgebacken, er leckt sich über die wulstigen Lippen, Mmmmh. Alleine würde der Loisl das Gasthaus jetzt ohnedies nicht mehr stemmen können und der ortsansässige Nutztierverein liege ihm diesbezüglich schon seit der Eröffnung der „Kornblume“ in den Ohren.
Mit einem neuen Wirt und der entsprechenden Speisekarte würde man in der Wählergunst wieder steigen, aber da war doch heute eh auch noch irgendein Sitzungstermin, oder?

#

„Ruhe, Ruhe, der Herr Bürgermeister wird auch gleich zu uns stoßen!“ versucht Karl-Heinz Sauschläger die Runde zu beruhigen. Nomen est omen, der gute Karl-Heinz ist der örtliche Fleischhauer, Vizebürgermeister, geschäftsführender Gemeinderat, Schweinebauer und Obmann des Viehzuchtvereins in fünfter Generation. Wie gesagt, in Nest an der Wild wird an Traditionen festgehalten, an allen wohlgemerkt. Ausreißer werden nicht goutiert, da könnte ja dann jeder kommen. Hier wurden und werden Berufe und Ämter noch vererbt, zumindest bis zu den Baby-Boomern. Für die nächste Generation schaut es dann aber eher mau aus, denn die Millennials haben dem Dorf zunehmend den Rücken gekehrt. Dieses Problem schob man gemeindeintern aber auf die lange Bank. Schuld wäre ohnedies nur die Nachbarortschaft, wo vor einigen Jahren unbedingt ein Gymnasium gebaut werden und plötzlich jeder Sprössling maturieren musste. Fort waren ganze Jahrgänge, Wien, Graz, Salzburg oder gar ins Ausland, brotlose Studien auf elterliche Kosten absolvierend. Wer sich dann doch wieder in die Heimat verirrt, kam hier mit irgendwelchen irrwitzigen kosmopolitischen Hirngespinsten an, die ihnen in diesen linken Bildungseinrichtungen in der Großstadt eingeimpft wurden. Wie beispielsweise der Loisl, oder der Sohn vom alten Gruber, der Herr Agraringenieur, der musste ja auch unbedingt die elterliche Landwirtschaft auf Bio-Gemüse umstellen, so ein Schwachsinn. Jetzt muss er halt schauen, wie er seine überteuerten Gurkerln an die G´spritzten verkauft.

Es ist ja nicht so, dass man nicht gerne wieder ins gemeindeeigene Wirtshaus gehen würde und zumindest die Süßspeisen, die von den Dorfkindern in der „Kornblume“ to-go gekauft werden, finden sich durchaus schon hin und wieder auch auf dem nachmitttäglichen familiären Jausentisch wieder. Aber dieses neumodische Gastronomiekonzept einer gänzlich fleischlosen und alkoholfreien Speisekarte

kann und wird in Nest an der Wild mit Sicherheit nicht toleriert und schon gar nicht unterstütz werden. Diese gesellschaftliche und wirtschaftliche Katastrophe hätte von Anfang an verhindert, quasi im Keim erstickt werden müssen.
Überhaupt keine Rede davon, dass alle Dorfbewohner plötzlich auch ihre häuslichen Ernährungsgewohnheiten umgestellt hätten, doch mangels eines eigenen Dorfwirtshauses mit entsprechendem Angebot musste für Vereinsabende und Feierlichkeiten auf die umliegenden Gemeinden auswichen werden und da Regionalität halt auch in den Nachbardörfern großgeschrieben werde, bleibt in Nest an der Wild aktuell der Absatz von Fleischwaren massiv hinter den Erwartungen. Man habe die ortsansässigen Betriebe schließlich anhand von Prognosen konditioniert und entsprechend investiert.
Da aber davon auszugehen sei, dass der Bürgermeistersohn das Gasthaus, jetzt nach seinem tragischen Verlust, alleine bestimmt nicht weiter betreiben werde, könne die Gemeinde vom plötzlichen, aber nicht ungelegenem Ableben dieser komischen Penelope nur profitieren und man müsse die Gunst der Stunde nutzen. Nicht pietätlos, sondern notwendig wäre jetzt rasches Handeln, das sprichwörtliche Gebot der Stunde sozusagen. Der Alois solle wieder nach Wien oder wohin auch immer und ein neuer konventioneller Gastronom müsse gefunden werden, dann könne auch der Fleischkonsum wieder angekurbelt werden und

davon würden schließlich alle im Ort profitieren, insbesondere aber die Viehzüchter.

Da der Bürgermeister erst jetzt und somit viel zu spät zur Versammlung erschienen ist, konnte er nur noch die letzten Sätze des Obmanns hören, kennt jedoch den Inhalt der heutigen Brandrede aus vorangegangenen Besprechungen nur zu gut. Er nickte seinen Gemeinderäten demonstrativ zustimmend zu und gab ein lautes: „Bravo!“ von sich, worauf alle Anwesenden in tosenden Beifall verfielen.

So und nicht anders sei es beschlossen worden, er habe lange genug zugeschaut und dem Alois seine Flausen nachgesehen, aber das Wohl der Gemeinde stand jetzt an erster Stelle. Sollte sich nicht rasch ein österreichischer Gastwirt finden, werde man im benachbarten Tschechien schon fündig werden, er habe schließlich die Fäden schon gezogen. So, jetzt noch schnell das Gläschen erheben und verschwörerisch angestoßen mit den anwesenden Spartenvertretern der Fleischbetriebe und dann musste das Gemeindeoberhaupt auch schon weiter zur Versammlung der Weinbauern.

Ein Wirtshaus ohne Fleisch und Alkohol, wem so etwas nur eingefallen ist, dadurch würden ja sämtliche gesellschaftliche Paradigmen auf den Kopf gestellt, aber bestimmt nicht in seiner Gemeinde. Dafür würde gesorgt sein, was immer auch notwendig wäre, solange er, Franz Josef Buxbaum, Bürgermeister in Nest an der Wild ist.

Schließlich musste er sich nächstes Jahr den Neuwahlen stellen und der Sohnemann, na dem werde man einen Auslandsaufenthalt schmackhaft machen und nötigenfalls mit finanziellen Mitteln versüßen. Soll der doch eine Zeit lang durch Indien reisen und den Hinduismus studieren, da kann er dann auch gleich die Asche seiner Penelope rituell in den Ganges streun.

#

Als dann am späten Nachmittag das alte Festnetztelefon in der „Kornblume“ läutet nahm ich den Anruf entgegen und der majestätische Gesetzeshüter am anderen Ende der Leitung teilte mir dienstbeflissen mit, dass die Leichenöffnung der Frau Pospischil durch die Gerichtsmedizin für nächsten Tag gleich in der Früh geplant sei. Man konnte da noch einen Termin einschieben, die Identifizierung wäre ohnedies nur noch eine Routinesache da die Personalien bereits geklärt werden konnten, aber im Anschluss, so gegen 10:00 Uhr könnten sich dann noch die Hinterbliebenen von der lieben Verstorbenen verabschieden.
Sein Vorgesetzter hätte auch gefragt, warum denn da jetzt so ein Zinnober gemacht werde, man vertrete hier im Rayon schließlich noch eine eher unkonventionelle Art der Verbrechensaufklärung, obgleich doch noch gar nicht feststehen würde, dass hier überhaupt Fremdverschulden vorläge. Aber er, Kaiser Max, habe den Herrn Chefinspektor dann

natürlich ins Bilde gesetzt und aufklären müssen, dass ja eine Obduktion für alle unnatürlichen Todesfälle gesetzlich vorgeschrieben sei und DAS wäre ja schließlich einer.
Meine eigenen Worte erkennend musste ich jetzt schmunzeln, obwohl mir der Kopf bestimmt immer noch nicht nach Frohsinn stand, und nachdem sich der Loisl einen Beruhigungstee mit ein bisschen von dem „guten Graserl“ gemacht hat, zur Entspannung und quasi in Memoriam seiner geliebten Penny, wer soll es ihm in so einer Situation verdenken, habe ich ihn dann noch ins Bett gesteckt und mich auf den Heimweg gemacht.

Morgen Vormittag trifft sich dann also der Alois mit Pennys Eltern bei der Gerichtsmedizin, ich habe zwar mehrmals angeboten, ihn zu begleiten, aber er hat darauf bestanden, dass er diesen Weg allein antreten müsse.
Ehrlich gesagt, bin ich auch nicht so unglücklich darüber, da ich Penny gerne so in Erinnerung behalten würde wie zuletzt, als sie uns frisch und fröhlich den Salat servierte, um dann leidenschaftlich ihre Einstellung zu Glaube und Religion zu vertreten oder Mantras singend in ihrem knallgelben Sari und ehrlich gesagt hatte ich schon immer ein etwas gestörtes Verhältnis zum Tod.
Ein alter Kiberer hat mir vor langer Zeit einmal den Tipp gegeben, wenn du in unserm Beruf nicht abstumpfen oder zum Alkoholiker werden willst, machst irgendwas ohne Blut und ohne Sperma

womit gemeint war, ich soll die Ermittlungsbereiche „Leib & Leben“ und „Sexualstraftaten“ lieber meiden. Vermutlich bin ich deshalb irgendwann zur Wirtschaftspolizei gegangen, um die Finanzdelikte reißt sich eh nicht wirklich wer, viele Zahlen, Kopfarbeit, Schreiberei und die Action hält sich in Grenzen, wobei die Protagonisten meiner Fälle bestimmt nicht zimperlich waren aber ich hab mich halt lieber um die schmutzigen Gelder gekümmert, die über den halben Erdball verteilt auf verschiedenen Konten gewaschen wurden. Der Polizeiberuf ist ja gottseidank vielfältig, so ehrlich muss man sein, der eine ist froh, wenn er sein Leben lang Temposünder „schnalzen“ kann, einige Wenige seilen sich aus Hubschraubern ab, andere wollen Gewaltverbrechen aufklären und mir waren halt immer schon Zahlen und Fakten lieber als Mord und Todschlag.

Ich stehe auf meiner Terrasse und blicke zum Horizont, das Waldviertel, unendliche Weiten, und trotzdem ist mir der Heimweg heute viel kürzer vorgekommen als sonst. Eigentlich wollte ich doch nur meine Ruhe haben, als ich mich ganz bewusst für die Jagdhütte und gegen Wien entschieden habe und dann, gestern die Demo und heute das. Na, ich weiß nicht, vermutlich besser, wenn ich mich da raushalte, emotional involviert heißt wohl der Fachterminus und die Kriminaldienstgruppe Waidhofen hat jetzt eh einmal alles im Griff, oder?

Das kleine Stück kalten Gemüsestrudel, das ich mir in der „Kornblume“ noch gekrallt habe, hat auch nicht so richtig ausgegeben, sodass ich jetzt direkt mit meiner abendlichen Praxis beginnen kann. Kuhrücken, Katzenbuckel, Kuh einatmen, Rücken und Nacken lang, natürliche Lordose, Katze ausatmen, Rücken rund, Kuh, Katze, Kuh, Katze, Kuh, behutsam aber flüssig, könnte ich stundenlang üben, tut meinem Rücken einfach gut und macht den Kopf frei und das hab ich gerade heute doppelt so notwendig als sonst. Dann ist es aber genug mit Streichelzoo, jetzt brauche ich noch ein paar starke Krieger, also keine Soldaten oder so, die Kriegerposition, am liebsten die Zweite, weite Schrittstellung, Arme kräftig ausgestreckt und trotzdem die Schultern entspannt, die Schulterblätter in den hinteren Hosentaschen, eh schon wissen und den Blick über die Fingerspitzen der vorderen Hand in die Ferne gerichtet. Die Abendsonne ist heute nicht ganz so kräftig wie gestern, als wäre sie ebenso traurig über das geschehene. Ich versuche die Gedanken ziehen zu lassen, eine gleichmäßige Atmung hilft angeblich, um sich zu beruhigen also durch die Nase ein, zwei, drei, vier, halten, zwei, drei, vier, durch die Nase aus, zwei, drei, vier, Pause, zwei, drei, vier, einatmen …

#

Ein fast unhörbares „Na grüß Gott!“ stößt der Herr Prälat aus, als er durch die Sakristei das

Kirchenschiff betritt und die lange Schlange vor dem Beichtstuhl sieht. Dass die Vorliebe für dieses Bußsakrament seiner „Schäfchen“ in Nest an der Wild offensichtlich groß ist, überproportional im Vergleich zu den anderen Gemeinden, war dem geistlichen Würdenträger bereits bekannt, aber heute sprengt die Teilnahmebereitschaft schon fast den dafür vorgesehenen Rahmen, schließlich ist ja danach auch noch die Abendandacht zu zelebrieren.
Wartet da die gesamte Rosenkranzrunde darauf, das Sündenbekenntnis abzulegen, gerade heute?
Die glaubenseifrigen Damen werden doch nichts damit … nein, die hätten wohl demonstrativ einen Scheiterhaufen am Hauptplatz errichtet und nicht so … jetzt entfährt dem Seelsorger ein ungewolltes kurzes Auflachen um innerlich sogleich ein ehrliches: „Herr, vergib mir meine lästerlichen Gedanken.“ nachzuschießen und noch nicht einmal richtig im Beichtstuhl Platz genommen, kann der Herr Prälat aus dem Dunkel der anderen Seite dann auch schon eine ihm wohlbekannte Stimme vernehmen: „Vater vergib mir, denn ich habe gesündigt.“.

vierter Tag.

Routine ist wichtig, hab ich schon gesagt, oder? Also für mich als Kontrollfreak auf jeden Fall oder ehemaligen Kontrollfreak oder ein Kontrollfreak, der keiner mehr sein will und gerade versucht, sein Leben nach einem Überlastungs…dingsbums wieder in den Griff zu bekommen. Ich glaube, dass ich eigentlich schon auf einem guten Weg war, aber die ganze Geschichte setzt mir offenbar doch mehr zu als ich mir gestern vielleicht eingestehen wollte. Das kenne ich noch vom Uniformdienst früher, in einer Einsatzsituation hast du zu funktionieren und das hat eigentlich auch immer gut geklappt, so wie gestern auch, sofort wieder im alten Schema F, zack zack zack, aber jetzt in der Früh, nach einer unruhigen Nacht ist an eine Morgenmeditation nicht zu denken. Meine Gedanken springen im Quadrat, wie der sprichwörtliche „dancing monkey“. Marie würde sagen, fließ erst einmal locker durch ein paar Sonnengrüße und genieße es, ok also mach ich mal. Na grüß Gott Sonne, im Waldviertel in Boxershorts auf der Terrasse, wir haben Juni und Morgenfrost, zumindest fühlt es sich so an, aber ich konzentriere mich auf die vordefinierte Bewegungsabfolge und die langsamen Bewegungen tun mir gut, die wiederholten Vorwärtsbeugen zentrieren mich und ich versuche es zu genießen, brrrr kalt, ruhig und tief atmen und genießen, ja eh, Herrgott, ich versuch es ja.

#

Später in der „Kornblume“ ist alles noch finster, keine handgeschriebenen Tagesempfehlungen auf der Tafel vor der Eingangstüre, ach ja, das hat ja Penny immer gemacht. Wofür eigentlich, dem Loisl und mir hätte sie ja sagen können, was sie in der Küche wieder Wunderbares gezaubert hat und andere Gäste sind ja ohnehin nicht gekommen. Nest an der Wild ist jetzt nicht unbedingt die Touristengegend schlecht hin und die Einheimischen boykottieren dieses, mir so ans Herz gewachsene Etablissement ja sowieso. Aber sie war immer so positiv und hatte Freude daran, ihre neuesten Kreationen mit bunter Kreide auf der Tafel zu verewigen, wobei, nix ist für die Ewigkeit und abgesehen von drei Portionen ist eh wieder alles in der Tiefkühltruhe verschwunden.

In der Gaststube heize ich schon mal die Espressomaschine vor, Tee und Haferflocken habe ich schon in meiner Jagdhütte vertilgt aber diesen wunderbaren schwarzen, fast zähflüssigen Bio-Kaffee brauche ich jetzt wie den sprichwörtlichen Bissen Brot. Da höre ich auch schon Schritte, AJ steigt schwerfällig die knarzende Holztreppe herunter, gekleidet in eine weiße Leinenhose, einem weißen übergroßen Leinen-Shirt und einem weißen turbanartigen Tuch auf dem Kopf und begrüßt mich mit einem freundlichen „namaste“, aber heute ohne „commissario“. Ich glaub, jetzt hab ich irgendwie ein Déjà-vu bis mir einfällt, dass der

Bürgermeistersohn heute aussieht wie dieser indische Bollywood-Star aus diesem bekannten Film, den ich mir früher immer mit meiner Ex ansehen musste. Gefühlte zehn Stunden dauert der Schinken und damals hatte ich mit Indien so viel am Hut wie Ghandi mit einem Schuhplattler, mühsam, ach ja, ich glaube: „In guten und in schlechten Zeiten“ oder waren es „… schwere Tage“ wurscht.

AJ kann offenbar meine wirren Gedanken lesen und erklärt, dass in weiten Teilen Asiens weiß die Trauerfarbe ist, weil weiß eigentlich gar keine Farbe ist, also eine Nicht-Farbe oder so ähnlich, ich bin schon nach dem Wort: Trauerfarbe ausgestiegen und schlucke unmerklich.

Da die Höllenmaschine schon Betriebstemperatur hat, zaubert Alois behände zwei Schälchen mit dampfendem schwarzem Espresso. Wir setzen uns an einen kleinen Tisch vor der Theke und genießen schweigend dieses wunderbare Heißgetränk, Mmmmh, mit einer Crema, darin kannst du glatt ein Schaumbad nehmen.

Das Geheimnis ist, jeden Tag die kleinen Dinge des Lebens wertzuschätzen, hätte Marie gesagt, nein Penny, na vermutlich beide.

Bevor sich der Loisl dann auf seine alte Vespa setzt und zum Bahnhof nach Horn fährt, um den Regionalzug nach Krems an der Donau zu erwischen, erklärt er mir noch, auf meine Frage wie es ihm denn gehe und ob ich nicht doch mitkommen solle, dass er zwar traurig über das plötzliche

Ableben seiner Lebensgefährtin wäre, aber sie habe ja eigentlich nur „ihren Körper verlassen“.
Der Alois hat heute bereits sehr früh in aller Ruhe darüber meditiert und wie er selbst, habe auch Penny daran geglaubt und sei davon überzeugt gewesen, dass Leben und Tod ein sich ständig wiederholender Kreislauf ist und die Seele, das Selbst, oder wie auch immer man dazu sagen will, wiedergeboren wird. Daher nehme er es nicht allzu schwer und aufgrund des guten Karmas, dass seine bessere Hälfte in all ihren früheren Leben schon angehäuft habe, würde sie bestimmt als eine ganz tolle spirituelle Person wiedergeboren werden. Schon ganz knapp vor dem Nirvana oder so, da ist sich AJ sicher. Mein ratloses Gesicht oder vielleicht die vielen Fragezeichen, die buchstäblich über meinem Kopf zu schweben scheinen, quittiert er nur mit einem knappen: „… da reden wir noch ausführlich drüber, jetzt muss ich aber mal los.“ und braust davon.
Wahnsinn, das Ganze scheint ja mir fast mehr an die Nieren zu gehen als dem Alois. So ausgeglichen oder geerdet oder was auch immer kannst du ja gar nicht sein, doch nicht wenn man vor nicht einmal 24 Stunden deinen Lebensmenschen tot aus dem Löschteich gezogen hat, oder?

#

Der Loisl ist gerade mal ein paar Minuten weg und ich versuche die filigrane, schon fast zickige italienische Kaffeemaschine noch einmal zu aktivieren. Naja, typisch Italiener, gute Ideen und alles sehr stylisch aber technisch nicht ganz ausgereift, außen hiu, innen pfui, quasi eine Vespa ohne Radeln mit Dampfdüse. Da reißt mich das schrille Klingeln des mittlerweile schon fast antik anmutenden Festnetztelefons komplett aus dem Konzept und ich heb ab. Der Herr Kaiser möchte den Herrn Magister Buxbaum sprechen, da muss ich den Herrn Bezirksinspektor aber leider enttäuschen, der Alois ist nämlich schon unterwegs nach Krems, was den Gesetzeshüter nicht davon abhält, gleich in einem Zug weiter zu reden und irgendwie interessiert es mich ja schließlich auch also lausche ich wie der jetzt ausführt: „… also die Obduktion hat wie vermutet ergeben, dass die Frau Pospischil ertrunken ist. Sie hatte ein bisschen THC im Blut (wundert mich jetzt nicht) und der Pathologe hat ein Hämatom im Genick festgestellt. Das hat sie sich vermutlich beim Sturz in den Löschteich zugezogen, deutet also nicht unbedingt auf Fremdeinwirkung hin …“.

„Schließt es aber auch nicht aus!“ muss ich den Redeschwall kurz unterbrechen, was der Euphorie des Kriminalbeamten aber keinen Abbruch tut: „Nein, natürlich nicht und wir ermitteln selbstverständlich in alle Richtungen (überzeugt mich jetzt nicht wirklich). Grundsätzlich ist zwar von einem Unfall auszugehen, den genauen Obduktionsbericht bekomme ich aber vermutlich erst Morgen und die Tatortarbeit hat ebenfalls nicht wirklich etwas ergeben (wundert mich auch nicht sonderlich, ärgert mich aber ziemlich). Die Kollegen vom Landeskriminalamt haben unzählige Spuren gefunden, die man aber beim besten Willen nicht zuordnen kann und die beiden Feuerwehrmänner haben mit ihrem Erbrochenen sowieso den ganzen Platz kontaminiert, also Sackgasse. Ah da kommt jetzt aber mein Chef, ich werde jedenfalls dran bleiben und sie auf dem Laufenden halten, schönen Tag noch.".

Okay, jetzt muss ich erst einmal alles sortieren, ergebnisoffene objektive Ermittlungen schauen aber auch anders aus, oder, und der Dorfscheriff wusste vermutlich schon, dass es sich hier lediglich um einen Unfall handelt, bevor die Penny auch nur in der Nähe von dem Löschteich war. Das stinkt doch, und dass am Tatort nichts zu finden war, hab ich auch schon vermutet, die sind dort vermutlich alle herumgelaufen wie die aufg´scheuchten Hendl. Es freut mich aber ganz besonders, dass er dranbleiben will, der Herr Kaiser, dachte zwar, das ist sein Job aber andere Länder beziehungsweise Bundesländer, andere Sitten. Der lange Arm des Mutterhauses, also des Ministeriums, reicht wohl nicht bis ins Waldviertel.
Gut, jetzt trink ich erst einmal das Kaffeetscherl, das in der Zwischenzeit aus der verchromten Italo-Wundermaschine tröpferlweise meine kleine Espressotasse gefüllt hat. Mal schauen, ob ich es so hinbekommen habe wie der Loisl, Mmmmh, na also, gar nicht einmal so schlecht und dann werde ich den

Vormittag nutzen, um einmal durchs Dorf zu schlendern, vielleicht kommt mir ja was unter. Jetzt spricht aber wieder der Kiberer aus mir, nein, einfach schlendern und beobachten, was kommt das kommt, diesmal werde ich die Ermittlungen yogischer aufziehen als sonst, wobei eigentlich bin ich ja quasi auf Urlaub und überhaupt nicht zuständig, aber das bin ich der Penny schuldig, yogisch ermitteln, jetzt muss ich lachen, gibt's sowas überhaupt, wurscht, schau´ma mal.

#

Die Gemeinderatssitzung im Rathaus läuft auch heute ab wie immer, was soll man daran auch groß ändern, es hat sich bewährt. Einer spricht, der Rest nickt und schon ist ein Beschluss gefasst. Der Eine der spricht ist der Herr Bürgermeister, dieses Mal informiert er seine Gemeinderäte über das weitere Vorgehen in der Causa: „Kornblume". Dank seines beherzten Einsatzes für die heimische Wirtschaft konnte er, Franz Josef Buxbaum, schon fast heldenhaft den Geschäftsführer einer Wurstfabrik in Brünn von der ausgezeichneten Fleischqualität DER „Nest-Sau" überzeugen und man werde in den kommenden Wochen einmal 200 Mastschweine nach Tschechien verkaufen, es sei schon alles unter Dach und Fach.
Nach frenetischem Applaus weiter, dass sein Sohn Alois, nach dem tragischen Verlust seiner Lebensgefährtin, das Dorfgasthaus nicht mehr weiter

betreiben werde, sei nur verständlich und man könne dies nachvollziehen, erklärt der Bürgermeister mit gespielter Anteilnahme. Aber auch dafür habe er schon die Lösung parat, eine gewisse Ilonka-irgendwie aus Znaim habe unlängst erst beim Gemeindeamt betreffend einer möglichen Übernahme des Wirtshauses angefragt und man habe ihr spontan und im Hinblick auf das Gemeinwohl, insbesondere jedoch unter Berücksichtigung der dringenden Anliegen des Viehzuchtverbandes und der Winzervereinigung, zugesagt, den designierten „Kirchenwirt" ab nächstem Ersten übernehmen zu können. Sie habe dem Büro des Herrn Bürgermeisters auch bereits ein passendes Gastronomie-konzept vorgelegt und eine entsprechende Karte mit klassischer Speisen- und Getränkeauswahl übermittelt. Neuerlich lauter Beifall aller Anwesenden. Die Beschlüsse sind somit gefasst, im Sitzungsprotokoll festgehalten und rechtskräftig, die Gemeinderäte wieder entlassen.

Vizebürgermeister Sauschläger bleibt noch auf einen kurzen Umtrunk und Plausch mit seinem langjährigen Freund, da der Herr Bürgermeister seinen Verbündeten jetzt doch auch noch von den Bedingungen in Kenntnis setzen muss, die an den lukrativen Deal geknüpft sind.

Dass der Vertrag mit der Wurstfabrik und die Neuübernahme des alten beziehungsweise neuen „Kirchenwirtes" nach dem historischen Absatztief für Vieh und Fleisch eine einzigartige Chance für

Nest an der Wild ist, ein wirtschaftlicher Aufschwung sondergleichen der neuen Wohlstand in ihre Heimat bringt, sind sich die Beiden einig. Beiläufig wird schon einmal in einem umherliegenden Mercedes-Prospekt geblättert. Das Gemeindeoberhaupt habe dafür schließlich alle seine Kontakte spielen lassen und sämtliche notwendigen Strippen gezogen, lediglich einen kleinen Gefallen müsse man für die tschechischen Geschäftspartner noch erledigen.
Nämlich rund 50 Fässer mit bedenklichem Inhalt im Gemeindegebiet entsorgen.
Keine Sorge, eh kein Atommüll, nur mindergiftiger Abfall oder so, hoffentlich, aber was da genau drinnen ist, keine Ahnung. Müsse man auch nicht wissen und wird schon nicht so schlimm sein, jedenfalls in Relation zu den regionalen wirtschaftlichen Veränderungen ein Klacks. Ist jetzt aber eh wurscht, abgemacht ist abgemacht und gemeinsam kommen Franz Josef Buxbaum und Karl-Heinz Sauschläger auch recht rasch auf die Lösung, beim Nachdenken unterstützt von ein paar Gläschen sehr süffigem Weißburgunder.
Man werde die Fässer einmal in der alten verfallenen Holzknechtshütte in dem kleinen Wäldchen hinter dem Dorf zwischenlagern, um dann in mehreren nächtlichen Kommandoaktionen nach und nach sukzessive jeweils ein bis zwei Fässer in sämtlichen Jauchegruben im Dorf zu versenken. Davon gäbe es in Nest an der Wild schließlich genug und Jeder müsse halt seinen Beitrag zu dem

neuerworbenen Wohlstand leisten, wenn auch unwissend. Verschwörerisches Gelächter, Gläser hoch, zum Wohl, es brauche dazu zwar noch einige wenige vertrauenswürdige Eingeweihte, am besten Profiteure des Tschechien-Deals und diese sind auch schnell aufgezählt und benannt. Die müssen und werden mitziehen, aber der Großteil der Dorfgemeinde brauche davon nichts zu wissen, schon gar nicht dieser Gruber Bertl, das ist ja auch so ein Bio-Fuzzi und im Stande, die ganze Geschichte noch zu torpedieren.
Die Fässer sind ja sowieso dicht verschlossen und welche Leichen in so manchen Jauchegruben im Laufe der Zeit schon versenkt wurden, will man ja auch gar nicht so genau wissen. Die beiden prosten sich neuerlich gutgelaunt und triumphierend zu, somit wäre auch diesbezüglich die Vorgehensweise beschlossen, diesmal ohne Gemeinderat und auch ohne schriftliches Protokoll.

#

Wie ich so von der „Kornblume" in Richtung Hauptplatz schlendere, fällt mir zum ersten Mal auf, wie ausgestorben dieses Nest unter der Woche ist, wenn nicht gerade so wie unlängst eine unaufschiebbare Großdemonstration stattfindet. Am Wochenende trifft man sich schon am Fußballplatz oder zum Umtrunk im Feuerwehrhaus, im Gemeindesaal oder im Pfarrheim, man ist hier schließlich zu derartigen Alternativen gezwungen,

da der Dorfwirt ja nur Hasenfutter und Kracherl anbietet, aber an einem Wochentag wie heute, noch dazu am Vormittag, ist tote Hose. Jetzt warte ich nur noch, dass so ein ausgedörrter Busch vom Wind über die Straße geweht wird, wie in einem alten Western bevor der Revolverheld auf seinem Pferd zum großen Showdown einreitet.
Die letzten Wochen und Monate bin ich eigentlich nur zwischen der väterlichen Jagdhütte und dem veganen Bistro meiner beiden Freunde hin und her gependelt und habe das Dorfleben wohlweislich ignoriert, was aber vermutlich für meine Nachforschungen, ermitteln darf ich ja hier nicht, jetzt auch nicht unbedingt hilfreich ist und ich hab komplett ausgeblendet, wie wenig Leben an einem normalen Wochentag in dieser Ortschaft steckt. Wobei, damit ist Nest an der Wild bestimmt nicht alleine, die großen Wirtschaftstreibenden haben schon dafür gesorgt, dass im ländlichen Raum in jeder zweiten Gemeinde eine Filiale einer großen Supermarktkette die Pforten öffnet oder es wurde gleich ein Shoppingcenter errichtet, natürlich außerhalb des Gemeindegebiets und mit Umfahrungsstraße, dadurch kam dann den kleinen Greisslern und Gewerbetreibenden ihr Klientel abhanden, Dorfsterben wo man hinsieht, Bodenversiegelung auch kein Bemmerl und die Jugend wandert in die Ballungsräume ab. Der Supermarkt für diese Region befindet sich in der Nachbarortschaft, da musst du halt dann mit dem Auto fahren, ergo CO2 Ausstoß, zum Greissler

hättest zu Fuß gehen können. Offensichtlich schlecht verhandelt Herr Bürgermeister, aber für die elementaren Bedürfnisse ist im Ort gesorgt. Was steht dort auf dem Schild über der Türe: „Fleischhauerei Sauschläger“, na gut, mit dem Namen kannst ja auch kein Tischler oder sonst was werden. Fehlt nur noch, dass der Bäcker „Brotmacher“ heißt, ach nein „Bäckerei Müller“ steht über dem Eingang nebenan, okay, hätte ich mir denken können, aber das wars dann auch schon mit der vielfältigen Auswahl an Geschäften für das außergewöhnliche Shoppingvergnügen hier im Dorf. Die Pensionisten hab ich vermutlich verpasst, mit fortgeschrittenem Alter und seniler Bettflucht erledigst halt den Einkauf beim Nahversorger kurz nach dem Aufsperren, so gegen sechs Uhr in der Früh und jetzt ist es nach Zehn und die Straßen, oder besser gesagt die eine Straße, menschenleer.

Da steh ich auch schon vor dem Löschteich, der liegt mitten im Ortszentrum, also Zentrum ist jetzt auch Zuviel gesagt, auf dem Platz halt, um den sich die meisten anderen Gebäude gruppieren. Die haben sich früher schon was dabei gedacht, mit einer Handpumpe und einer kurzen Schlauchleitung mussten die alten Feuerwerker im Notfall alle Häuser erreichen, heute hilft da die Technik ein wenig aber im Grunde eine tolle Sache, außer man ertrinkt darin. Jetzt hab ich direkt einen kleinen Kloß im Hals, dort drüben hat man die Penny also gefunden und tatsächlich, wenn ich mich so umschaue, auf den ersten Blick keine Spuren. Fingerabdrücke oder Fußspuren vermutlich Fehlanzeige, DNA möglicherweise aber nix, was ich jetzt gleich einmal ohne Spusi und Labor verwerten könnte. Hier hätte nicht einmal der sonnenbebrillte rothaarige CSI-Super-Cop aus Miami noch etwas gefunden, vermutlich hat die Feuerwehr mit einem dicken Schlauch den ganzen Platz abgespritzt, nachdem die Dorfscheriffs den Tatort freigegeben haben.

Da brauch ich jetzt auch nicht die sprichwörtliche Lupe rausholen und mir wie der selige Nick Knatterton anno dazumal einen Buckel suchen.

Na schau schau, was stöckelt denn da in High Heels über das Kopfsteinpflaster, klack klack, klack klack, eine nicht ganz unattraktive Brünette, jedenfalls aber die erste Frau unter Dreißig die mir in dem Nest unterkommt, außer der Penny wohlgemerkt, aber die Ortschaft ist ja jetzt wirklich nicht gerade der Jugendtreff schlechthin. „Schönen guten Morgen die Dame!“ versuche ich gleich einmal das Eis zu brechen, mir ist ja jetzt nicht unbedingt nach plaudern zu Mute, aber irgendwo muss ich ja schließlich anfangen und was kann ich dafür, dass der erste Mensch, der mir hier heute über den Weg läuft, ein Mädl in einem etwas zu engen und fast schon unanständig kurzen Minirock ist.

„Guten Morgen, jetzt lerne ich den Zugereisten auch einmal kennen.“ begrüßt mich die junge Frau freundlich und stellt sich als Karin, Assistentin des

Bürgermeisters, vor. Typisch, das hätte ich mir ja denken können, dass sich dem Loisl sein Vater so einen optischen Aufputz ins Gemeindeamt holt.
Mein Angebot ihr zu helfen, lehnt sie dankend ab, das kleine Paket, das sie unter dem Arm hat, sei nicht schwer, sie habe nur ein paar Brötchen geholt, als Verpflegung für die hart arbeitenden Gemeinderäte, sagt sie mit einem koketten Augenzwinkern. Im Rathaus wäre gerade eine Sitzung und da rauchen die Köpfe und das mache hungrig.
Nachdem sie mich jetzt fragt, was mich denn aus meinem Exil in den Ortskern verschlagen würde, antworte ich wahrheitsgemäß, dass ich ein Freund von AJ sei und mir die Unfalltheorie des gestrigen Ereignisses nicht ganz schlüssig vorkommt.
Ich fall jetzt einmal direkt mit der Tür ins Haus, alles andere wäre vermutlich unglaubwürdig und ich hab gleich überzuckert, dass sie schlauer ist, als sie sich hier präsentiert.
„Ja, wirklich, tragisch, so eine hübsche junge Frau, etwas unkonventionell vielleicht, aber sehr nett war sie, diese Penelope.“ sagt die Gemeindesekretärin und als sie dann noch fragt, warum ich jetzt da am Löschteich stehe, entgegne ich ihr, dass ich einmal wo gelesen hätte, dass ein Täter immer wieder zum Tatort zurückkehren würde!
Jetzt lacht sie und meint, dass sie schon gehört habe, dass ich so etwas wie ein Polizist sei, okay, lange war ich also nicht undercover, so schnell kann es gehen, bin wohl wirklich etwas aus der Übung und

dann setzt sie noch nach: „Hoffentlich verdächtigen sie mich nicht, obwohl ich eigentlich nichts gegen Handschellen habe.“ und zwinkert mir schon wieder zu.
Na hallo, Puppi, ich könnte fast dein Vater sein und bei den alten Säcken im Gemeinderat funktioniert der blöde Schmäh vielleicht, aber mir ist das Mädl etwas zu siebensüss. Nichtsdestotrotz steig ich einmal darauf ein und sage zu ihr: „Na wer weiß, mein Kriminalistiklehrer in der Polizeischule hat immer gesagt, hinter jedem Verbrechen steckt eine Frau!“ und drohe spielerisch mahnend mit dem Zeigefinger.
Jetzt lacht sie schon wieder, noch ein bisschen künstlicher als zuvor, tätschelt mir den Oberarm: „Na sie sind mir einer, Herr Inspektor!“ und dann sprudelte es förmlich aus ihr heraus, dass sie zwar mit dem Alois in der Schule war, man hätte sich jedoch aus den Augen verloren und seine neue Freundin kenne oder besser kannte sie auch nicht wirklich. Im Ort habe man zwar gegen die „Kornblume“ gewettert, weil die Leute ein Gasthaus mit Schweinebraten und Spritzwein vermissen würden, wie Früher halt, verständlicherweise ganz besonders die Viehzüchter und Weinbauern die auch entsprechende Anträge im Gemeindeamt eingebracht hätten. Sie selbst sei ja exotischen Experimenten gegenüber aufgeschlossen, jetzt kichert sie und setzt gleich nach, kulinarischen Experimenten, aber der Bürgermeister sei nicht sonderlich glücklich darüber gewesen, dass

ausgerechnet sein Sohn der Stein des Anstoßes war und fürchte deshalb um seine Wiederwahl im nächsten Jahr, was jedoch mangels Alternativen sowieso kein wirkliches Thema sei. Der alte Buxbaum habe da auch schon mit irgendwelchen Tschechen versucht einen Deal einzufädeln, aber das sei ihr nur so untergekommen, da wüsste sie nichts Näheres und sonst könne sie mir nichts Brauchbares erzählen.

Jetzt musste ich einmal Luft holen, aber die nette Brünette scheint noch Sauerstoffressourcen zu haben und strahlt über das ganze, etwas zu stark geschminkte Gesicht: „So, jetzt muss ich aber weiter, mit den Brötchen, damit mir meine Gemeinderäte nicht verhungern, bin eh schon recht spät dran. Vielleicht sieht man sich ja bald mal wieder, zum Beispiel am Sonntag in der Kirche, also tschüss!“ sie winkt mir noch kurz zu und stöckelt mit den schmalen hohen Absätzen recht sicher aber nicht wirklich elegant in Richtung Rathaus davon, klack klack, klack klack, und ich schau ihr ungläubig nach. Mein Kopf brummt und muss das Gehörte erst einmal sortieren.

Also für eine Kirchgängerin hätte ich sie jetzt auch nicht unbedingt gehalten und eh ganz lieb von ihr, dass sie glaubt, mich in die Gemeindegeheimnisse einweihen zu müssen, aber ob mir das Ganze dabei hilft, Licht in den Unfallhergang oder Gott bewahre, eventuell sogar Mord zu bringen, kann ich noch nicht abschätzen. Wollte man Penny aus dem Weg räumen um den Loisl in der Folge aus dem

Wirtshaus zu vertreiben, eine Verschwörung der Winzer und Schweinebauern, das kommt mir doch alles etwas weit hergeholt vor, und was hat es eigentlich mit diesem Tschechen-Deal auf sich. Ich glaub die Gemeindesekretärin tratscht halt einfach gerne, aber ohne Substrat, jedenfalls zu wenig für einen Ermittlungsansatz.

Mittlerweile geht es auf Mittag zu, ich umrunde noch zweimal den Löschteich, nix, gar nix, da könntest fast vom Boden essen. Das kommt mir allerdings schon ein bisschen verdächtig vor, aber mangels weiterer Auskunftspersonen weit und breit spaziere ich wieder in Richtung „Kornblume“. Ich will dort sein wenn der AJ aus Krems kommt, vielleicht braucht er mich ja, und bei einem Kaffeetscherl am Bankerl im schattigen Vorgarten denkt es sich auch viel besser.

#

Am Nachmittag trifft sich wieder einmal die Rosenkranzrunde im Pfarrheim, was sollten die Damen wochentags auch anderes machen, aber der Kaffee und die Kardinalschnitte wollen den meisten Anwesenden heute nicht so recht schmecken. Einige der Frauen sind richtig betroffen darüber, dass man sich von Grete Buxbaum zu dieser Demonstration gegen die junge Religionspädagogin überreden ließ. Sie teilten zwar bestimmt nicht alle ihre Ansichten, aber wo wäre denn da die gottgewollte

Nächstenliebe und dass man das junge Ding dann leblos aus dem Löschteich gezogen hat, lässt die Damen nicht kalt. Habe man diese Penelope am Ende gar in den Freitod getrieben?

Grete Buxbaum sah das naturgemäß etwas anders, schließlich würde die ganze Situation auch das Seelenheil ihres Juniors betreffen, der sich von dieser Hexe hat bezirzen lassen. Die Bibelinhalte im Allgemeinen und Jesus Christus im Besonderen derart zu verunglimpfen, dafür konnte sie bei Gott kein Verständnis aufbringen und schlussendlich zog halt ein tragischer Todesfall einen Schlussstrich unter diese unschöne Angelegenheit. Aber die Trauermine ihrer vermeintlichen Mitstreiterinnen brachte die Frau Bürgermeister innerlich zum Kochen. Vor zwei Tagen sind sie noch Fahnen schwingend und Sprechchöre singend Schulter an Schulter, das Kreuz als Symbol ihrer christlichen Absichten voran, mit ihr in den Kampf gezogen und jetzt sitzen sie da, diese scheinheiligen alten Schnepfen und weinen in ihr Kaffeehäferl, so wie wenn sie diese Penelope näher gekannt hätten, wie wenn sie mit diesem Weibsbild jemals ein paar Worte gewechselt hätten. Nein, diese Bürde hatte nur sie alleine, Grete Buxbaum, die Mutter des gefallenen Sohnes, zu tragen gehabt.
Man habe die zwei ja schließlich anfänglich schon gelegentlich zum sonntäglichen Mittagessen in die bürgermeisterliche Residenz eingeladen, aber diese komische Penny und dann auch ihr Alois seien nur

dagesessen, haben das Tischgebet verweigert, nur die Beilagen gegessen und den Braten übergelassen um anschließend das Ehepaar Buxbaum dann in irgendwelche hirnverbrannten Diskussionen zu verstricken, zu Themen wie Weltfrieden, Klimawandel, Fleischkonsum reduzieren oder Bio in der Landwirtschaft. Wie kann man als Mutter nur so gestraft sein?

Am liebsten würde Grete Buxbaum den Rosenkranzdamen jetzt mit voller Inbrunst eine ihrer liebsten Bibelstellen um die Ohren schmeißen, wie der Heilige Johannes, der draußen in der Wüste die Pharisäer, die sich plötzlich von ihm taufen lassen wollten, in die Flucht schlug, indem er sie als Schlangenbrut beschimpfte und ihnen prophezeite, dass auch sie dem kommenden Gericht nicht entrinnen könnten. Stattdessen säuselte sie: „Meine Damen, wem darf ich noch etwas Kaffee nachschenken?“

Aber was tut man nicht alles, für das Seelenheil des geliebten Sohnes, für den Frieden in der lieben Gemeinde und die anderen Frauen im Dorf wussten schließlich nicht, was sie wusste, andernfalls hätten sie die von Penelope ausgehende Gefahr für das christliche Abendland auch erkannt. Hätten es erkennen müssen!

#

In der Ruhe liegt die Kraft, aber so ruhig wie hier, da muss ich doch jetzt direkt ein bisschen eingenickt sein und hab gar nicht gehört, wie der Loisl zurückgekommen ist. Der muss sich reingeschlichen haben, der Lauser, jetzt hör ich die Töpfe am Herd klappern und ehe ich mich versehe, stehen auch schon zwei Schüsseln mit herrlich duftendem Süßkartoffel-Curry und Basmatireis vor mir auf dem Tisch, AJ grinst mich an und nimmt mir gegenüber im Schatten Platz.

Wir essen in Ruhe, früher habe ich eher geschlungen, insbesondere ein so leckeres Gericht hätte ich in Null Koma nix verputzt, aber auf der Reha hat man versucht mir langsames und gründliches Kauen anzutrainieren. Marie hat immer gesagt, dass ein sehr langsamer und genussvoll gegessener Schnitzel gesünder wäre, als ein rasch hinunter-geschlungener Salat, naja, ich weiß nicht recht, damit wollte sie mich bestimmt nur motivieren, aber ich versuche seither zumindest nicht so zu schlingen. Das Curry ist bestimmt noch von Penny, vermutlich aufgetaut, sehr gut, Mmmmh, der Alois ist die Ruhe selbst, steckt sich einen halbvollen Löffel in den Mund und kaut achtsam, beneidenswert.

Nach dem Essen teile ich AJ meine neuesten Erkenntnisse mit, aber der sagt nur, dass er in Krems eh auch mit diesem Herrn Bezirksinspektor gesprochen habe und auf den Tratsch von der Karin Sonnleithner solle ich nicht unbedingt etwas geben.

Nachdem wir dann noch eine Zeit lang still dagesessen sind, fordert mich der Loisl jetzt auf, mit ihm eine kurze Meditation zu machen um die

Gedanken zu ordnen, also machen wir so einen „Body-Scan“ oder wie das genau heißt und wir atmen wieder einmal, na ganz neu.
Diesmal sitzen wir bequem und aufrecht im Schatten unter der Eiche, Alois leitet mich oder uns mit seiner ruhigen besonnenen Stimme an und wir atmen tief und der Reihe nach in alle Regionen unseres Körpers. Zuerst hab ich mir schon gedacht, wie soll ich bitte in meine Zehen atmen, aber mit der Zeit, oder vielleicht bilde ich es mir auch nur ein, kommt mir schon vor, dass ich in der jeweiligen Körperregion etwas spüre, Zehen, Beine, Rumpf, Arme, Kopf, irgendwie den Atem genau dort spüre, Teufelszeug.

Wieder zurück in meiner Jagdhütte und noch immer tiefenentspannt von unserer Atemmeditation mach ich heute vielleicht einmal einen Fernsehabend, also mangels TV Gerät, eh schon wissen, schau ich wirklich in die Ferne. Ich sitze entspannt auf der Terrasse in einem bequemen gepolsterten Sessel mit hoher Rückenlehne, neben mir auf dem Tisch dampft ein Häferl grüner Tee und mein Blick streift über den Horizont, hie und da kreischt in der Ferne ein Bussard oder will mich da wieder mal der listige Eichelhäher an der Nase herumführen, wurscht.
Mein Refugium liegt etwas erhöht auf einem kleinen Hügel und von der südseitigen Terrasse überblicke ich einen Teil des Dorfs und sämtliche, sich hinter dem Dorf erstreckenden Wiesen und Baumgruppierungen bis hinauf zum Wald.

Auf meinem Schoß liegt ein Relikt aus dem väterlichen Jagdrucksack, keine Angst, nur ein Feldstecher, mir war das Beobachten der Waldtiere immer schon lieber als das Erlegen der selbigen und so streife ich visuell, den Blick von Zeit zu Zeit durch das Fernglas gerichtet, über die Lichtungen und kann dann, im ersten Dämmerlicht sogar eine Rehgeiß mit ihrem Kitz beobachten, sonst Stille, schön.

Als es dann schon ziemlich finster wird und ich meinen gemütlichen Ausguck verlassen will, es muss so gegen halb Zehn sein, der letzte Schluck Tee ist bereits eiskalt, fällt mir am gegenüberliegenden Ortsrand ein Fahrzeug auf. Vermutlich meiner Berufskrankheit geschuldet oder der Tatsache, dass Nest an der Wild normalerweise wochentags bereits am späten Nachmittag die Gehsteige einrollt und in Totenstille verfällt, aber jetzt führe ich den Feldstecher dann doch noch einmal in Augenhöhe und schau mal, ob da noch was zu erkennen ist.

Ein dunkler Kombi fährt auf der Hauptstraße, biegt dann auf einen Feldweg ein und ist jetzt weg. Nein, nicht wirklich, der hat nur das Licht abgedreht, ich kneife die Augen zusammen und kann im Restlicht noch die Konturen des PKW erkennen, der jetzt etwas außerhalb der Ortschaft bei einem großen Holzstoß anhält. Wobei ich mir jetzt nicht sicher bin, ob das dort, hinter dem kleinen Wäldchen, tatschlich ein Holzstoß ist oder doch eine kleine Hütte, es ist aber mittlerweile schon so finster, dass

ich nichts mehr ausmachen kann. Na, vermutlich ein Pärchen, das etwas Zweisamkeit sucht, anders kann ich mir das hier in diesem Nest nicht erklären.
Sollen auch ihren Spaß haben, es sei ihnen vergönnt, ich leg mich jetzt hin, morgen ist schließlich auch noch ein Tag.

#

Das geht sich heute aber nicht mit Messwein aus, da brauchts was Stärkeres. Der Herr Prälat schraubt den Verschluss von einer kleinen Flasche feinstem waldviertler Bio-Whiskey ab, riecht kurz daran und gießt sich ein umherstehendes Viertelliterglas fast halb voll. Ein kräftiger Schluck, na nicht schlecht, das Flascherl muss aus einem der zahlreichen Geschenkkörbe sein, mit denen er in Nest an der Wild immer wieder bedacht wird. Hier sorgt sich halt die Gemeinde noch um die Diener Gottes. Selbst hätte er sich so ein überteuertes Zeug nie gekauft, zur flüssigen Untermalung seiner Sinnkrisen und als zeitweise hochprozentigere Unterstützung für den Messwein leistet der billige Weinbrand aus dem Supermarkt normalerweise gute Dienste, aber der ist gerade aus und man will so eine gutgemeinte Aufmerksamkeit ja auch nicht verkommen lassen. Heute braucht es jedenfalls wieder einmal ein Schnapserl, oder zwei. Hochwürden leert sein Glas und schenkt noch einmal großzügig nach.

Warum musste diese Person ihren Fehltritt auch ausgerechnet beichten.
Die Geschichte mit dem Unfall konnte er jetzt glauben oder auch nicht, tut aber auch nichts zur Sache, denn zum einen ist er ja an das Beichtgeheimnis gebunden, welches auch gegenüber der Justiz gilt, und zum anderen wollte er beim besten Willen nicht davon ausgehen, dass am Ende ein Mörder unter seinen so glaubenseifrigen „Schäfchen“ sein könnte.
Nein, nein, nein, das konnte und wollte er nicht glauben, noch einen Schnaps und gleich noch ein Achterl zum Runterspülen. So eine Bürde, die das Schicksal dem Herrn Prälat hier auferlegt. Da sollst du nicht zum Alkoholiker werden?
Aber da kann man nix machen, das Beichtsiegel darf schließlich unter keinen Umständen gebrochen werden: „Ich wasche meine Hände in Unschuld!“.

fünfter Tag.

Wieder einmal ein Besuch im Tiergarten, ich habe meine Yogamatte auf der Terrasse aufgebreitet und nach Katze, Kuh, Hund und sogar ein Delfin war heute dabei, reckt sich mein Oberkörper jetzt mit einer sanften Rückbeuge der aufgehenden Sonne entgegen, Kobra oder Babykobra oder so ähnlich, lustig, als Cobra bezeichneten die Medien die ehemaligen Super-Cops der Gendarmerie solange, bis irgendwann offiziell eine Umbenennung in Einsatzkommando Cobra erfolgt ist. Im Gegenzug haben wir die zahlreichen Möchtegern-Rambos, die sich bis an die Zähne bewaffnet und unzähliges privat angekauftes Klumpert an den Einsatzgürtel gehängt haben, in der Kollegenschaft nicht immer liebevoll als Baby-Cobras bezeichnet, ich muss grinsen und bemerke, dass ich wieder einmal gedanklich abgeschweift bin. Die Gedanken einfach ziehen lassen haut auch nach monatelanger Praxis immer noch nicht so richtig hin, also wieder zurück zu meiner Übung, ich liege auf dem Bauch die Handflächen unter den Schultern, dann einatmen, ganz wichtig, zuerst in die Länge der Wirbelsäule und erst dann, nur mit der Kraft der Rückenmuskulatur achtsam aufrichten, nicht mit den Armen hochstemmen, nur locker aufgestützt, mein Gesicht in die Morgensonne gerichtet schließe ich die Augen und atme langsam durch die Nase ein und wieder aus.

Wie ich jetzt vom Sonnenlicht geblendet zwischen den Querstreben des Terrassengeländers hindurch blinzle fällt mit in der Ferne, auf der Wiese am gegenüberliegenden Hügel, hinter dem Dorf bei einem kleinen Wäldchen, eine verfallene Holzhütte auf und plötzlich schießt es mir durch den Kopf, genau, dorthin muss gestern in der Nacht der Kombi gefahren sein und ich hab es in der Dämmerung für einen Holzstoß gehalten aber die Richtung stimmt, wobei wurscht, jetzt einmal einatmen, zwei, drei, vier, und aus …

#

Etwas später schlendere ich in Richtung „Kornblume“ und hab schon richtig den Duft dieses herrlichen bio-fairtrade Super-Espressos in der Nase, der Loisl hat die Höllenmaschine bestimmt schon bezwungen und aufgeheizt. Ich kann auch das Dorfwirtshaus schon sehen, ein paar Meter noch, aber heute nix mit: „namaste commissario!“ und auch kein AJ, da hat´s doch was und dann sehe ich auch schon das zivile Polizeiauto etwas abseitsstehen. Ja spinn ich, jetzt schiebt dieser selbsternannte Polizei-Kaiser gerade den Alois mit angelegten Handschellen vor sich her aus der Eingangstüre und in Richtung Streifenwagen. Die letzten paar Schritte lege ich jetzt laufend zurück und bekomme gerade noch heraus: „Halt, was ist denn da los?“.

Da begrüßt mich der Herr Bezirksinspektor auch schon mit einem schroffen: „Ah, der pensionierte Ober-Ewok vom BMI. Ich habe mich über sie erkundigt, nix Rechtsanwalt!“, ich denk mir noch, ja genau, die Abkürzung EWOK war ein Griff ins Klo aber im Ministerium wollte man ja nicht auf mich hören, da setzt der Gesetzeshüter schon ohne Luft zu holen nach: „Der Buxbaum ist vorläufig festgenommen und kommt jetzt einmal mit zur Polizeiinspektion und sie halten sich ab jetzt raus, kapiert?“
Da hat sich dieser Kaiser Max aber geschnitten, hab ich schon gesagt, dass ich solche Hilfssheriffs, die Mangel an Fachwissen mit überbotener Selbstdarstellung wettzumachen versuchen, absolut nicht leiden kann, noch nie leiden konnte, und das alles in der Früh vor dem ersten Kaffee, na halt dich an, Bürscherl. Jetzt schieße ich verbal zurück: „Halt die Luft an, du Wurschtl, für dich immer noch Herr Chefinspektor! Dass ich Rechtsanwalt bin, habe ich nie behauptet, da hat der Herr Super-Kiberer in der Hitze des Gefechtes offenbar etwas verwechselt. Vermutlich dein erster Kriminalfall, oder, und von einer Pension weiß ich schon gar nix, solange man mir keinen entsprechenden Bescheid zustellt, bin ich in Amt und Würden. Also raus mit der Sprache oder besser noch, raus mit der Festnahmeanordnung der Staatsanwaltschaft, da hast du dem Herrn Magister Buxbaum ja bestimmt die ihm zustehende Ausfertigung ausgefolgt, oder?“

Da ist er schon wieder, der kleine Max, habe ich den Hobby-Columbo am Ende ein bisschen verunsichert. Der gibt jetzt nämlich nicht mehr ganz so selbstsicher und mit viel weniger Nachdruck von sich: „aus…, aus…, aus eigenem…“, und ich hab schon wieder Oberwasser und surfe gleich weiter auf der Welle: „Was soll das heißen, aus eigenem? Du willst jetzt nicht wirklich sagen, dass es keine Anordnung gibt und du die Festnahme des Herrn Magister Buxbaum aus eigenem vorgenommen hast, oder?“ um dann gleich im Polizeijargon nachzulegen: „Gemäß Strafprozessordnung ist das aber nur in einer Handvoll Gründen zulässig, die kannst du mir jetzt sicherlich aufzählen und auch welcher dieser Gründe in diesem konkreten Fall zu Tragen kommt! Oder schildere mir lieber einmal ausführlich den Sachverhalt, Herr Bezirksinspektor, aber rasch!“
Jetzt hat der Herr Kaiser einen hochroten Kopf, mindestens zwei ATÜ, innerlich muss ich lachen, wobei ich nie jemand war, der immer nur auf die goldenen Sterne an seiner Schulterklappe gezeigt hat, aber Recht muss Recht bleiben und mit vollen Hosen ist halt auch leicht stinken. Er hat mich aber wirklich herausgefordert, so ausgeglichen und geerdet bin ich dann halt doch noch nicht, dass ich tief durchatme und seelenruhig zuschaue, wie dieser Dorfsheriff doch allen Ernstes meinen Freund verhaften will, ja geht’s noch?
Der Loisl ist die Ruhe selbst, steht da in seinen Handschellen, blickt zwischen uns Streithähnen hin

und her und ich kann in seiner Mimik förmlich lesen: „… und, wie geht es jetzt weiter?“
Ja, genau, Herr Bezirksinspektor, wie geht es jetzt weiter?

Noch ein kurzer Augenblick Stille, dann hat sich Kaiser Max gesammelt und schildert wie aufgefordert den Sachverhalt, dass er nämlich heute in der Früh in der „Kornblume“ die Sachen der Verstorbenen durchsucht habe, völlig rechtmäßig, da ja der Herr Magister quasi einer freiwilligen Nachschau zugestimmt hätte und dabei sei aufgefallen, dass der Laptop von der Frau Penelope offensichtlich verschwunden ist. Da ihm aber auch die Geschichte mit der Diplomarbeit und den damit quasi in Zusammenhang stehenden Unruhen im Gemeindegebiet zugetragen wurde ist dieses Notebook ja quasi ein Beweismittel und daher habe er in der Folge die Festnahme des Herrn Buxbaum ausgesprochen, also quasi aus eigenem.
Na gut, klingt eh schlüssig und wenn man wirklich davon ausgehen würde, nur einmal angenommen, dass der AJ böswillig Pennys Computer vor dem Zugriff der Strafverfolgungsbehörden verbergen wollen würde, könnte man schon auch irgendwie eine Verdunkelungsgefahr konstruieren, aber das werde ich diesem Ermittlungskünstler von einem Kriminalisten sicher nicht auch noch auf die Nase binden, das soll er schön selbst in der StPO nachlesen und dem Loisl traue ich das auch auf keinen Fall zu, also werde ich meinem Freund

einmal etwas Zeit verschaffen und begebe mich damit jetzt selbst in einen, sagen wir einmal rechtlichen Graubereich. Aber was solls, General werde ich bei dem Verein eh keiner mehr.

„Na gut, Herr Bezirksinspektor, das klingt alles etwas weit hergeholt, würde ich sagen, für meinen Geschmack ein bisschen zu oft quasi in deiner Schilderung, nichtwahr? Zum einen stellt sich mir die Frage, ob der Herr Magister Buxbaum gewusst hat, dass es sich um eine freiwillige Nachschau handelt und dass er dieser ausdrücklich zustimmen muss oder diese auch ablehnen kann, ja, nein, weiß nicht?“, Schweigen im Walde.
„Ergo war die Durchsuchung rechtswidrig, und zum anderen, warum hätte er dieser Nachschau zustimmen sollen, wenn er doch angeblich selbst mit der Tat in Zusammenhang stehen soll, eben, und woher kommt plötzlich dein Enthusiasmus für die Ermittlungen, wo man doch gestern noch felsenfest von einem Unfall ausgegangen ist?“ und jetzt schieße ich einfach ins Blaue, aber ich hab da so ein Bauchgefühl: „Oder gabs am Ende einen anonymen Hinweis und war der Hinweisgeber vielleicht gar nicht so anonym?“.
Nachdem immer noch großes Schweigen herrscht, Kaiser Max steigt verlegen von einem Bein auf das andere, den Blick auf den Boden gerichtet und der Alois schaut mich jetzt mit großen Augen erwartungsvoll an, eröffne ich den letzten Akt dieser Dramödie (deppertes neumodisches Wortkonstrukt):

„Also Max, brauchst es auch noch schriftlich? Nimm dem Herrn Magister sofort die Handschellen ab und bete drei Vater Unser, dass die Geschichte keine Maßnahmenbeschwerde nach sich zieht. Wenn du noch konkrete Fragen zu einem möglichen Tathergang hast, klärst du den Herrn Buxbaum im Vorfeld ordnungsgemäß über seine Rechte und vor allem über seinen Status im Ermittlungsverfahren auf. Er ist ja kooperativ und nach Rücksprache und in Begleitung seines Rechtsanwalts wird er auch bestimmt deiner förmlichen Ladung nachkommen, und jetzt Abgang!"

Kurz darauf sind nur noch die Rücklichter eines, sich rasch entfernenden zivilen Streifenwagens am Horizont zu sehen. Der AJ reibt sich seine geröteten Handgelenke und ich, etwas zu siegessicher als die ganze Situation hergeben würde, vermelde nur: „Na, jetzt ham´ma uns aber ein Kaffeetscherl verdient!"

#

Plopp! Im Rathaus braucht man um diese Uhrzeit hingegen schon das erste Bier. „Sind die in Waidhofen noch ganz dicht?" entfährt es dem Herrn Bürgermeister. Der Dienststellenleiter der Polizeiinspektion hat das Gemeindeoberhaupt natürlich umgehend telefonisch über den aktuellen Verlauf der Ermittlungen ins Bild gesetzt, aber das konnte er jetzt so gar nicht gebrauchen. Nicht dass jetzt tagtäglich irgendwelche übermotivierten Probe-

Gendarmen hier im Dorf herumlaufen und wild um sich ermitteln, zumindest solange der Tschechien-Deal und vor allem die damit in Zusammenhang stehenden Kompensationsgeschäfte nicht über die Bühne waren.
Sonst waren die Gesetzeshüter in diesen Breitengraden ja auch nicht so dienstbeflissen. Nur weil ihnen jetzt irgendwer gesteckt hat, dass die Rosenkranzweiber in Nest an der Wild wegen den Ansichten von dieser Penelope demonstriert haben, reimt sich dieser Kaiser irgendeinen Zusammenhang mit dem Unfall zusammen und will sogar seinen missratenen Sprössling verhaften, gut, soll er doch den Alois festnehmen, aber was würden die Wähler sagen.
Wenn er diese Plaudertasche in die Finger bekommt, aber dann. Wer konnte da seinen Mund nicht halten und musste Gemeindeinterna an die Polizei weitergeben, die Demo hat man doch astrein unter den Teppich gekehrt. Das würde Franz Josef Buxbaum wieder ein Kisterl guten Wein aus seinem Keller kosten, um den zuständigen Bezirkskommandanten von der Unfalltheorie zu überzeugen, der werde dann seinen Inspektoren schon unmissverständlich anordnen, dass sämtliche Einsatzkräfte die Ortschaft in nächster Zeit großräumig umfahren sollen. Sagen wir einmal gute drei Wochen, dann dürfte alles wie geplant erledigt sein.

Nur diesen Kiberer aus Wien, der die ganze Zeit in der „Kornblume“ herumhängt, würde man im Auge behalten müssen. Der komische Kautz soll sich in seinem Haus im Wald verkriechen und sich ja nicht in Gemeindeangelegenheiten einmischen, nur weil sein Herr Vater irgendwann im Jahre Schnee einmal der Jagdpächter hier war. Aber viel wichtiger, es muss ja auch noch die Personaleinteilung für die kommenden nächtlichen Aktionen gemacht werden, gestern konnte man ja schon einen Teil der Fässer verladen und wie besprochen in der Holzknechtshütte hinter der Ortschaft zwischenlagern. Heute wird noch der Rest abgeholt und dann peu a peu, wie der alte Franzose sagt, jede Nacht wenige Fässer in ausgewählten Jauchegruben entsorgt, Kinderspiel.
Der Herr Bürgermeister grinst siegessicher, jetzt also rasch rüber zum Karl-Heinz, seinem alten Spezi und Mitverschwörer, der hat bestimmt auch schon einen frischen Kümmelbraten im Ofen, passt wunderbar zum zweiten Bier, aber wehe, wenn mir diese verdammte Plaudertasche unterkommt.

#

Nachdem sich der Alois wieder einigermaßen beruhigt hat, mit Unterstützung einer ordentlichen Menge Koffein, oder hab ich da was verwechselt, eigentlich war der Loisl in Anbetracht der Situation eh ziemlich ruhig. Ich war wieder ganz im Kiberer-Modus, also lass ich mir die Geschichte noch einmal erzählen und ganz wie vermutet, ist der selbsternannte Polizei-Kaiser ganz offensichtlich kurz vor meinem Eintreffen bei der „Kornblume“ einfach ungefragt zur Vordertüre hereingestürmt und habe nur gesagt, dass er Penny´s Laptop suchen würde. Der AJ sei etwas perplex gewesen, aber natürlich kooperativ und habe dem Ermittler die Habseligkeiten seiner verstorbenen Lebensgefährtin gezeigt, aber das Notebook sei nirgends zu finden gewesen.

Der Alois könne sich das auch nicht erklären und im Handumdrehen seien ihm dann auch schon die Achter, also die Handschellen angelegt und er vors Haus bugsiert worden. Den Rest kenne ich ja schon, weil live miterlebt und soweit vertraue ich dem Loisl jedenfalls und habe mit meinem Verdacht natürlich genau ins Schwarze getroffen, nix Rechtsbelehrung, nix freiwillige Nachschau, einfach nur Dorfsheriff in Action!

Wenn ich nur wüsste, warum der Kaiser jetzt ausgerechnet nach dem Laptop sucht, was kann da schon drauf sein außer ihre Diplomarbeit und dass die unbedingt mit ihrem Ableben in Zusammenhang steht, kann ich mir wirklich nicht vorstellen. Gut die Demo der Rosenkranz-Damen war schon etwas surreal, überhaupt für einen Städter wie mich, dass die wegen ein bisschen verdrehter Kirchengeschichte so auf die Barrikaden gehen? Aber im Grunde ist ja nix passiert, in Wien hätte da kein Hahn danach gekräht und ein Mordkomplott erscheint mir dann doch etwas weit hergeholt. Aber wie hat die Polizei überhaupt davon Wind bekommen und vor allem welche Informationen wurden ihnen zugetragen, dass man die Unfalltheorie gleich einmal ad acta gelegt hat.

Der Alois muss meine Gedanken lesen, weil er nur mit ruhiger Stimme meint, dass er es zwar auch komisch fände, dass Penny´s Notebook nicht aufzufinden sei, aber der Computer würde schon wieder auftauchen. Jedenfalls könnten weder die Ermittlungen der Polizei noch meine Nachforschungen seine Lebensgefährtin wieder lebendig machen und daher wäre es ihm eigentlich am liebsten, er könne damit abschließen und ihren Geist nun auch endlich gedanklich in den Lebenskreislauf entlassen.
Okay, ungefähr nach „nicht wieder lebendig" bin ich ausgestiegen, aber auch jetzt erkennt der Loisl natürlich die Skepsis in meinem Gesicht und fügt erklärend hinzu, dass er fest daran glaube, entlang verschiedener religiöser Strömungen im asiatischen Raum, dass alles, was man im Leben macht, Gutes wie Böses, irgendwann zehnfach oder so, wieder zu einem zurückkäme. Jeder Mensch würde durch sein Handeln Karma ansammeln, wodurch bestimmt werde, wie man wiedergeboren wird und da Penny eine so tolle Person war, Bhakti praktiziert hat, also die liebende Hingabe zu Gott und sämtliche Yamas und Niyamas befolgt hat, quasi die 10 Gebote der Yogis, und auch wenn sich die Erleuchtung dieses Mal noch nicht für sie ausgehe, so würde ihre Seele

doch bestimmt sehr bald in einer sehr spirituellen Person reinkarnieren, also schon fast Dalai Lama. Natürlich hätte er sehr gerne, noch viele viele weitere Jahre mit Penny verbracht, aber es sei eben anders vorherbestimmt gewesen und daher, Laptop hin oder her, Ermittlungen hin oder her, das alles tue nichts zur Sache und sei im Grunde bedeutungslos, er wolle seine Lebensgefährtin, im wahrsten Sinne dieses Wortes, nur so in Erinnerung behalten, wie sie war. Wissen sei nicht immer ein Segen, insbesondere wenn man ohnedies nichts mehr ändern könne, nur der Kreislauf des Lebens müsse sich ständig weiterdrehen, alles ist Samsara. Großes Fragezeichen!
Laut dem Loisl könne man sich das Ganze so vorstellen, dass wir oder unsere Seelen immer da sind, wie der Himmel und Geburt und Tod und unser Handeln und unsere Taten sind wie die Wolken, die kommen und wieder weiterziehen, aber der Himmel dahinter ist trotzdem immer da oder so ähnlich. Noch größeres Fragezeichen!

Jetzt bin ich einmal sprachlos, immer noch mehr Kiberer als Yogi kann ich jetzt nicht wirklich verstehen, was ich da gehört habe. Also akustisch habe ich es schon verstanden aber meine Synapsen haben das Ganze inhaltlich nicht wirklich an mein Gehirn weitergeleitet oder vielleicht haben sie es schon weitergeleitet, ich bin nur einfach zu dumm es zu verstehen oder vielleicht hat es einfach auch Garnichts mit Dummheit zu tun, sondern einfach nur

mit Glauben und Vertrauen. Natürlich habe ich auch schon über Reinkarnation gelesen und dass nach hinduistischer Glaubensvorstellung sämtliche Menschen, aber auch Götter und sogar Tiere in einem durch ewige Wiederkehr gekennzeichneten Kreislauf wandeln und je nach ihren Taten im aktuellen Leben später vielleicht als Buddha oder aber, wenn es blöd hergeht, als Meerschweinchen wiedergeboren werden. Da musst dann aber schon ein ziemliches Arschloch im letzten Leben gewesen sein oder ein Zuckerlprinz, jetzt muss ich schmunzeln weil gerade ein Meerschweinchen mit einer kleinen Krone ganz nervös vor meinem geistigen Auge umherläuft. Nein, im Ernst, das Ganze mit so viel Vertrauen und Überzeugung von einem Hinterbliebenen zu hören, berührt mich jetzt zutiefst, Kloß im Hals, wiedermal.
Ich versuche jetzt noch zu argumentieren, dass doch ein Verbrechen, wenn es denn eines war, jedenfalls aufgeklärt gehört und dass die Hilfssheriffs in Waidhofen für meinen Geschmack das Pferd von der falschen Seite aufzäumen würden und ich glaube auch, dass ich es Penny schuldig bin und überhaupt, aber der Loisl ist die Ruhe selbst, schüttelt nur den Kopf und meint, dass es vermutlich auch Penny wurscht gewesen wäre. Er selbst sei sowieso immer mit ihrem Geist verbunden, in diesem Leben und auch in allen kommenden, ich sei ihr nichts schuldig, außer vielleicht in liebevollem Gedenken an sie zu meditieren und das tun wir dann auch.

Ich kann dem Alois seine stoische Ruhe zwar nicht kapieren, lasse mich aber wieder einmal von seiner ruhigen einfühlsamen Stimme anleiten und mit der Zeit beruhigen sich auch meine eigenen Gedanken etwas, die dürfen schon da sein, aber wichtig ist, sie wieder ziehen zu lassen, ja genau, eh schon wissen … aber wenn das mit Penny kein Unfall war, wer hätte das größte Interesse an ihrem Tod oder würde davon profitieren? Gedanken ziehen lassen und atmen … ja aber, wer könnte, nix da, ziehen lassen und atmen, aber, nix aber, atmen, ruhig und gleichmäßig und schlussendlich sind meine Augen geschlossen. Ich denke noch kurz an Penny, wie sie mir, in einen ihrer bunten Saris gekleidet, ein von ihr zubereitetes, wunderbar duftendes experimentelles Gericht serviert, ihre Dreadlocks wehen im Wind und sie zwinkert mir verschwörerisch zu, ich grinse innerlich, schön, aber auch diesen Gedanken muss ich jetzt ziehen lassen. Die kühle Luft strömt durch meine Nase ein, weiter in den Bauchraum und von dort verteilt sie sich in meinem ganzen Körper, nur atmen, durch die Nase ein, zwei, drei, vier, halten, zwei, drei, vier, durch die Nase aus, zwei, drei, vier, Pause, zwei, drei, vier, einatmen …

#

Derweil in der Bürgermeisterlichen Residenz, das Gemeindeoberhaupt verweilt eh im Rathaus oder sonst wo, für Grete Buxbaum ist die Gelegenheit also günstig, ihren Fund aus seinem Versteck zu

holen. Wobei Fund kann man jetzt auch nicht direkt sagen, eine höhere Macht hat ihr den Weg gewiesen und ihr das Notebook von dieser Penelope quasi in die Hände gespielt. Sie hat zwar ein schlechtes Gewissen, derart gegen die gottgegebenen Gebote verstoßen zu haben, also genau genommen nur gegen das letztere, eh bekannt, das mit dem nicht Begehren deines nächsten Gut, aber manche Situationen heiligen eben die Mittel, davon ist Frau Bürgermeister überzeugt. Jedenfalls begab sie sich vor drei Tagen in die „Kornblume", das Gasthaus stand leer und das gute Stück lag sozusagen griffbereit vor ihr, also ein Wink des Schicksals und solche Gelegenheiten muss man ergreifen. Damals wusste sie ja auch noch nicht, dass die Besitzerin dieses Computers das Zeitliche segnen werde, auch so eine göttliche Fügung, wie sie fand.
Grundsätzlich wollte sie doch nur das Corpus Delicti beiseiteschaffen, damit die frevelhaften Inhalte von Penny´s an den Haaren herbeigezogener Diplomarbeit nicht auch noch weiter Verbreitung finden würden. Diese Hippiebraut hatte bestimmt kein Backup. Nur vernichten wollte sie den Laptop, aber dann überkam Grete Buxbaum ihre Neugierde, Passwortgeschützt naja, „yoga123" ist jetzt aber auch nicht das sicherste Passwort, Frau Bürgermeister musste laut auflachen, was für eine weltfremde Person ihre gottseidank-nicht-Schwiegertochter doch war, ihr eigenes Passwort: „Rosenkranz#4711" wäre bestimmt nicht so leicht zu knacken. So, jetzt noch zwei drei Klicks und

schon war sie mittendrinn in den Dateien des Teufels.
Jetzt bleibt ihr das Lachen aber im Halse stecken, was sie da lesen musste, konnte dieser Hexe nur der Satan persönlich diktiert haben. Den Beginn dieser These kannte sie ja schon, den hatte Penny der Rosenkranzrunde vor kurzem teilweise offenbart und Grete Buxbaum konnte sich gestern auch schon vertiefend einlesen, bevor sie unterbrochen wurde. Aber das war ja ganz offensichtlich nur die Spitze des riesigen Eisberges. Sie traute ihren Augen nicht, als Begründung, warum über das Leben des Messias nur dessen Geburt in Betlehem bekannt sei und dann erst wieder sein Wirken kurz vor seinem Tod am Kreuz, stand da schwarz auf weiß, dass Jesu zwischenzeitlich mehrere Reisen nach Indien und die Kaschmirregion unternommen haben und dort von verschiedenen Gelehrten unterwiesen worden sein soll, bevor er mit rund dreißig Jahren wieder in seine Heimat zurückgekehrt ist und sich Johannes dem Täufer anschloss. Zumindest wollen verschiedene Forscher entsprechende Hinweise gefunden haben, war da zu lesen.
Die Verfasserin stellte weiters in den Raum, dass Jesus der Erleuchtete, nach seiner Rückkehr die Menschen damals doch nur in den fernöstlichen Weisheiten wie Achtsamkeit und Meditation unterrichten und ihnen die Heilmethoden des Orients näherbringen wollte. Vielmehr wäre er ein Mystiker gewesen und habe damals auch die alten traditionellen Schriften neu gedeutet, im Gegensatz

zu den anderen Gelehrten und Hohepriestern. Erst die Geschichtsschreibung oder besser die Festlegung der Bibelinhalte am Konzil von Nicäa habe 300 Jahre später alles verdreht, dort hätte eine Umcodierung stattgefunden und man habe auch erst dort die alttestamentarischen Inhalte im Hinblick auf die Erfüllung der zahlreichen Prophezeiungen auf Jesu Christus zugeschnitten. Viel aussagekräftiger zum eigentlichen Leben und Wirken Jesu seien jedoch die apokryphen Texte und Evangelien, die es nicht in die Heilige Schrift geschafft haben. Die Argumente wurden von der Verfasserin auch noch mit verschiedenen Quellenangaben untermauert. Also kann es denn so etwas geben?
Weiters wurde in den Raum gestellt, wenn doch seit jeher klar gewesen wäre, also schon zu Lebzeiten Jesu, dass dieser der Sohn Gottes sei, vom Heiligen Geist empfangen und von der Jungfrau Maria geboren, welches Erfordernis steh dann hinter dem offensichtlich konstruierten Stammbaum im Matthäus Evangeliums mit dreimal vierzehn Generationen von Abraham zu Jesu, oder eigentlich zu Josef, dem Ehemann der Maria. Eine derartige Legitimierung wäre dann doch nicht notwendig gewesen? Damit solle jedoch keinesfalls Jesus selbst in Frage gestellt werden, sondern ausschließlich dessen Bild, dass den Menschen seitens der katholischen Kirche für deren Zwecke verkauft werde und man wolle zur Diskussion oder vielmehr zum Dialog darüber anregen.

Und dann steht da noch irgendetwas von Dualismus und Non-Dualismus, das konnte Grete Buxbaum jetzt aber nicht ganz verstehen. Angeblich habe die katholische Kirche, aber auch die meisten anderen Glaubensrichtungen und insbesondere wenn sie sich auf Abraham beriefen, seit dem frühen Mittelalter diese Dualismus-Idee ausgeschlachtet, indem sie den Menschen von Gut und Böse, Gott und Teufel, Himmel und Hölle erzählen. Dadurch würde jedoch nur Angst geschürt und versucht werden, die Gläubigen zu binden. Wie wäre es sonst möglich gewesen, ganze Heerscharen auf Kreuzzüge durch die Weltgeschichte zu schicken oder auch nur einen einzigen Selbstmordattentäter zu rekrutieren? Dahinter stünde jedoch weder Glaube noch wahre Religion, doch heute funktioniere dieses System nicht mehr so leicht, was sich zumindest in unseren Breitengraden durch die steigenden Zahlen an Kirchenaustritten niederschlagen würde. Die Menschen suchten ihre Zuflucht in alternativen Religionen, fernöstlichen Weisheiten und Esoterik, da sie immer mehr dahinterkämen, dass im Grunde doch alles eins sei, in jedem Lebewesen stecke Gut und Böse, Himmel und Hölle, Shiva und Shakti, in jedem Lebewesen stecke doch Gott! Selbst das Wort Teufel hätte seinen Ursprung im lateinischen Wort für Gott: „deus“. Na jetzt schlägt es aber dreizehn!

Der Kopf von Frau Bürgermeister war knallrot und drohte unweigerlich zu platzen, die restlichen Seiten konnte und wollte sie nicht mehr lesen, mit letzter

Kraft schnappte sie sich die Flasche Magenbitter, die immer in Reichweite platziert war, aktuell auf der Kommode im Wohnzimmer, schenkte sich ein Likörglas randvoll und kippte es in einem Zug hinunter. Sicherheitshalber folgte auch gleich ein Zweites.
Jetzt war ihr klar, warum ihr dieses Notebook in die Hände fallen musste, die Vernichtung dieser ketzerischen Texte war sozusagen ein göttlicher Auftrag an sie und diesem würde sie nachkommen. Niemand solle jemals diese gotteslästerlichen Thesen zu lesen bekommen. Zuerst werden alle Dateien gelöscht, klick, klick, erledigt und bei nächster Gelegenheit werde sie diese Maschine des Teufels entsorgen, so wie es diesem Gerät zukommen würde. Am besten versenkt in einer Jauchegrube, Mist zu Mist, die Idee beruhigte das schlichte Gemüt wieder ein wenig.
Genau, am Boden einer gut gefüllten Jauchegrube wäre diese Diplomarbeit gut aufgehoben und die Verfasserin selbst konnte diesen Unsinn ja nicht mehr publizieren. Nein, noch besser, sie werde den Computer am Bio-Bauernhof vom Gruber Bertl verstecken. Dieser windige Möchtegern-Öko-Agrarier sei eh jedem im Dorf suspekt, wo es doch obendrein eine pikante Verbindung zur Verfasserin gäbe. Und für den Fall, dass ihr lieber Alois wieder in die Aufmerksamkeit der Ermittlungen rücken würde, könnte man der Polizei ja einen entsprechenden Hinweis geben, anonym wohlgemerkt.

Langsam machte sich wieder ein zaghaftes Lächeln auf Grete Buxbaums Gesicht bemerkbar und sie begoss ihren Plan mit zwei weiteren Gläschen heilsamen Bitterlikörs.

#

Nach der Meditation und einer Stärkung, AJ hat uns eine wunderbare Bowl mit Gemüse und Couscous gemacht und dann haben wir noch ein paar von Penny´s köstlichen veganen Kokosbrownies gefunden, selbstverständlich mit reichlich koffeinhaltiger Begleitung, mach ich mich am späten Nachmittag wieder einmal auf den Heimweg.
Öha, da hätte ich jetzt in den Waldweg abbiegen müssen, aber irgendwie gehe ich einfach weiter die Dorfstraße entlang, ich schlendere immer geradeaus, Intuition oder so, und dann kann ich etwas weiter hinten auf einem sanften Hügel diese kleine Hütte erkennen.
Komisch, von meiner Terrasse hat man einen direkteren Blick darauf, aber aus dem Dorf kommend ist das kleine Holzhaus fast nicht zu sehen, etwas versteckt hinter einer Baumgruppe, das Fahrzeug von gestern Abend im Hinterkopf muss ich grinsen, eigentlich ein ideales Plätzchen für ein außereheliches Schäferstündchen. Ich schätze die Entfernung von hieraus auf vielleicht zwei Kilometer, wurscht, da geh ich jetzt einfach mal hin.
Beim Näherkommen stelle ich schon aus der Entfernung fest, dass dieses Holz-Dingsbums den

Namen Hütte gar nicht mehr verdient. Vermutlich diente sie früher den Bauern oder Waldarbeitern als Gerätelager oder Unterstand aber heute, nur mehr ein verfallener Bretterverschlag. Von der Straße führt ein schmaler Feldweg hinauf, die Reifenspuren sind frisch, vermutlich von dem Kombi gestern, aber irgendwie tief, sehr tief. Also ich bin ja jetzt nicht unbedingt ein alter indianischer Fährtenleser, warte, ich glaube Indianer darf man nicht mehr sagen, oder doch, aber denken schon, nein, die Kinder dürfen sich im Fasching nicht mehr als Winnetou verkleiden, warum eigentlich nicht, wegen der indigenen Urvölker oder so, das ist mir zu hoch, aber zurück zu den Reifenspuren. Also ich bin wirklich kein Fährtenleser aber ich glaube, ein normales Auto oder auch ein Kombi, wie der, den ich gestern gesehen habe, beladen mit sagen wir einmal zwei Personen, macht doch nicht solche tiefen Spuren. Das Fahrzeug muss hier ja direkt aufgesessen sein und dann sind da noch einmal Abdrücke, aber die sind nicht mehr so tief.

Wieder ganz Kiberer kombiniere ich natürlich, dass entweder etwas schweres hergebracht oder abgeholt wurde, bist du deppert, der Davy Crockett wäre bestimmt stolz auf mich, der alte Trapper.

Aber was bringt mir dieses Wissen oder besser gesagt, dieses Gedankenexperiment jetzt eigentlich? Gar nix, und zudem reine Spekulation. Aber der Loisl hat mir ja mit Nachdruck deutlich gemacht, dass er nichts wissen will, von irgendwelchen Nachforschungen, die ich mir ohne wirklichen

Ansatz sowieso abschminken kann. Und was hat Penny überhaupt mit dieser Bruchbude zu tun, nur weil gestern in der Nacht irgendwer da zugefahren ist. Vermutlich hör ich schon das Gras wachsen, so ein Blödsinn, ach, ich dreh wieder um, na warte, jetzt ist es eh nicht mehr weit, schau ich mir den Schuppen halt einmal an, wenn ich schon da bin, bringt´s nix schadet´s nix.
Versperrt, wer versperrt bitte so einen Bretterhaufen, noch dazu mit einem nagelneuen funkelnden Vorhängeschloss?
So, also schieb ich zwei Latten beiseite und staune nicht schlecht, in dem Holzverschlag befinden sich bestimmt zehn bis zwölf knallgelbe Fässer mit einem Totenkopfsymbol drauf und einer Aufschrift, kann ich nicht lesen, könnte slowakisch oder tschechisch sein, aber mein Instinkt sagt mir, dass es sich bei dem Inhalt bestimmt nicht nur um Kunstdünger handelt. Das ist ja wie in einem schlechten Film, na wenigstens ist da kein Atomzeichen auf den Behältern, aber wer weiß schon, was da wirklich drinnen ist.
Also hab ich doch nicht so falsch gelegen, nix Techtelmechtel, mit dem Kombi wurden gestern vermutlich die Fässer, oder zumindest ein Teil davon, zur Hütte gebracht, aber wer und was hat derjenige damit vor.
Ich greif in meine Hosentasche, um mein Smartphone herauszuziehen und gleich einmal ein paar Bilder zu knipsen, aber Fehlanzeige, ich Depp, das Handy liegt ja in der Donau. Eigentlich ist es mir

nicht wirklich abgegangen, bis jetzt, keine Fotos, keine Beweise, aber den Kaiser Max brauch ich jetzt deswegen nicht anrufen. Könnte ich von hier eh auch nicht ohne Telefon und nach unserem letzten Zusammentreffen ist er bestimmt immer noch nicht gut auf mich zu sprechen. Der sitzt um diese Uhrzeit bestimmt bei seinem dritten Bier und überlegt, wie er den Alois doch noch festnehmen kann. Außerdem mach ich jetzt nicht die Pferde scheu, bevor ich nicht genau weiß, was da dahinterstecken könnte. Also Solo und Oldschool, ich muss den Schuppen halt noch eine Zeit lang beobachten, na gut, heute wieder Fenstergucker oder besser gesagt Terrassengucker, wie gesagt, von meinem Domizil aus hab ich eh einen ganz guten Ausblick und daher mach ich mich jetzt endgültig auf den Heimweg, diesmal ohne Umwege.

Zurück auf der Hauptstraße fährt ein Traktor an mir vorbei, ein riesiges blaues Ungetüm von einem Traktor, der zieht eine Abgaswolke hinter sich her, das die Hälfte genug wäre, bist du gelähmt, und oben auf dem Führerstand, warte, Führerstand darf man vermutlich auch nicht mehr sagen und diese riesigen modernen Dinger haben vermutlich eher eine Kommandozentrale oder eine Brücke wie auf der Enterprise. Also am Steuer quasi, da sitzt ein Bauer mit einer lagerhausgrünen Latzhose, den Parteihut tief ins Gesicht gezogen und klotzt mich an, keine Ahnung, wie lange ich hier leben müsste, um nicht mehr wie ein Außerirdischer angestarrt zu werden. Die können schon blöd schauen, die Eingeborenen, nein eh die Städter auch, die Leute halt generell, für jedes Mal blöd schauen einen Euro und ich bräuchte mir um meine Pension keine Sorgen mehr zu machen, aber wurscht, in ein paar Metern bieg ich auf den Waldweg ein und dann schnurstracks heimwärts, wird eh schon dämmrig.

Wie ich jetzt so gemächlich Richtung Jagdhütte gehe kommt mir ein Gedanke in den Sinn, was, wenn die Penny von den Giftfässern gewusst hat und deshalb sterben musste? Nein, das hätte sie bestimmt dem AJ erzählt und der wäre dann nicht so ausdrücklich gegen Ermittlungen oder hätte der Polizei bestimmt alles erzählt, oder es steckt noch viel mehr dahinter. Na genau, Super-Kiberer, die große Verschwörung der Giftmüllmafia, oder könnte das der Tschechien-Deal sein, den diese Rathaus-Assistentin so beiläufig angesprochen hat. Jetzt aber halblang, wir sind in Nest an der Wild, im beschaulichen Waldviertel und nicht in Chicago, ich glaub meine Phantasie geht jetzt wirklich mit mir durch. Schon zulange als Stadtmensch alleine im Wald gelebt, da wirst vermutlich irgendwann plemplem, was ist das für ein Geräusch, ich glaub der Eichelhäher lacht auch schon wieder über mich, kann der etwa meine wirren Gedanken erraten und irgendwo im Hinterkopf kann ich auch Marie schon wieder hören, jeder Gedanke darf da sein … ja ja, ich weiß eh, nicht bewerten und ziehen lassen. Die hat auch leicht reden, in ihrer nach Räucherstäbchen duftenden geschützten

Werkstätte, so, Yoga fällt heute Abend jedenfalls aus, jetzt mach ich mir erst einmal ein großes Häferl Tee und dann werde ich wieder mit dem Fernglas meinen Ausguck beziehen, na schau´ma mal wer zuletzt lacht.

#

Abendmesse, der Herr Prälat hat sich seitlich neben dem Altar auf einem unbequemen Holzsessel niedergelassen und sich mittlerweile damit abgefunden, dass er Pause hat, wenn Grete Buxbaum, die am Nachmittag selbstlos angeboten hat, heute die Lesung aus den Apostelbriefen zu übernehmen, wieder einmal eine ihrer flammenden Reden über ein gottgefälliges Leben schwingt. Der Kopf wird schwer, drück am Ende gar der Heiligenschein unseren geistlichen Würdenträger nieder, er zuckt zusammen, hoppala, fast eingenickt. Nein, eh schön diese übertriebene Hingabe, der Großteil seiner Kollegen wäre hoch erfreut über eine derart eifrige Kirchengemeinde, insbesondere in den Großstädten.
Aber er kannte die dunkelsten Geheimnisse dieser frommen Damen und sie widerten ihn an.
Als er die kleine Mission in Afrika betreute musste er sich nicht täglich mit Alkohol betäuben, um durch den Tag zu kommen. Die Menschen dort waren arm und die Mittel mehr als begrenzt aber der Glaube war echt und konnte Kraft geben und Trost spenden, schön.

Kann es sein, dass diese Frau Bürgermeister jetzt schon seit einer geschlagenen halben Stunde über das zehnte Gebot referierte, zwischendurch hat der Herr Prälat auf Stand-by geschalten, aber jetzt reicht es dann auch. Komm schon zu einem Ende du dumme Kuh, dachte er um gleich darauf ein leises und nicht ganz ehrliches: „Vater vergib mir!“ zu murmeln. Aber vielleicht sollte er sich wirklich wieder um eine Stellung im Ausland bewerben, Südamerika zum Beispiel. Die Geschichte der dortigen katholischen Einrichtungen hatte bestimmt auch seine dunklen Seiten, aber der Glaube der Bevölkerung war ungebrochen, vielleicht eine kleine Gemeinde in den Anden, alles besser als Nest an der Wild: „Dios mio!“

sechster Tag.

Guten Morgen Sonnenschein und ich bin jetzt schon ziemlich k.o. Gestern ist es ganz schön spät geworden und als ob ich mich heute selbst bestrafen wollte, dafür dass mein allabendliches Yogaprogramm einmal ausgefallen ist, hab ich heute Morgen gleich einmal doppelt Gas gegeben. Bestrafen, so ein Blödsinn, aber ich kann halt auch nicht aus meiner Haut heraus und so hab ich mir gleich einmal unaufgewärmt so ein Überdrüber-Power-Vinyasa-Flow-Asana-Dingsbums gegeben, na sehr super. Jetzt lieg ich da auf dem Rücken in Shavasana, der Stellung der Toten, und ungefähr so fühle ich mich auch, die Handgelenke tun mir weh, weil mir zum Schluss schon die Kraft ausgegangen ist, ich aber unbedingt noch die Krähe machen musste. Nicht zu vergleichen mit dem Kranich aus Karate Kid aber eh auch wieder so ein unnötiges Viech. Also da hat man irgendwie die Knie auf den Oberarmen, die musst du erst einmal dorthin bringen und dann balanciert man sein ganzes Körpergewicht auf den Händen. Hört sich kompliziert an, ist es auch, und da bin ich dann natürlich nach vorne gekippt, hab mich eh noch abgerollt und gottseidank nicht auch noch frontal mit der Nase eine Furche in den pflegeleichten 70er-Jahre-Waschbetonboden der Terrasse gezogen, aber jetzt spüre ich es halt in den Handgelenken. Sehr g´scheit Herr Ober-Yogi, wurscht, ich lieg da und die Atmung fließt, gut so, nix zählen, nix erzwingen, nur fließen lassen, erzwungen hab ich heute eh schon genug und beim nächsten Mal bin ich gescheiter, na genau, nächstes Mal, bestimmt.

#

„namaste commissario!“ ruft der AJ wie er mich sieht, kurz bevor ich bei der „Kornblume“ eintreffe und ich gleich wie automatisch retour: „Morgen Loisl, einmal wie immer!“. Déjà-vu oder so, na nicht schlecht, hat nicht lange gedauert, alles wieder beim Alten, nein, oder, die üblicherweise handgeschriebene Menütafel beim Eingang ist jedenfalls immer noch leer, irgendwie komisch. Ich setz mich auf meinen üblichen Platz im Gastgarten und hab umgehend eine Schüssel Haferporridge mit einem Haufen Himbeeren und eine Tasse grünen Tee vor mir stehen, ich fang schon mal an zu essen und da ist auch schon wieder der Alois zurück, mit zwei Espresso-Tassen in den Händen und setzt sich zu mir, Schweigen. Morgenroutine? Nicht ganz, ich hör die Penny nicht aus der Gaststube, nie wieder. Ist das jetzt die künftige Morgenroutine 2.0? Sehr schade, aber that´s life.

Wie wir so am Bankerl sitzen, überlege ich, ob es jetzt schon an der Zeit wäre, dem Alois meine Ermittlungsergebnisse in Punkto Giftmüll auf die Nase zu binden, ich sag aber vielleicht nicht explizit Ermittlungen, weil der Herr Magister-Superausgeglichen ja nicht will, dass ermittelt wird.

Also würde ich quasi von einem abendlichen Spaziergang und einem Zufallsfund in der Holzhütte erzählen, dass ich schon vorgestern einen Kombi zufahren gesehen habe, könnte ich ja mal auslassen. Aber dass ich dann auch gestern am späten Abend, es war diesmal erst so gegen halb Elf, ein Fahrzeug gesehen habe, würde dann bestimmt auch sein Interesse wecken. Umweltverschmutzung geht bei AJ ja schon einmal gar nicht und dann erst Giftmüll, bist du deppert, ein bisschen Mord kein Problem, aber bei Umweltverschmutzung haut´s dem Bio-Yogi bestimmt komplett den Vogel raus, ja geht's noch.
Andererseits würde der Loisl dann bestimmt Direttissima zu seinem bürgermeisterlichen Herrn Vater stürmen und dem vermutlich gehörig den Marsch blasen, dann ist es erst einmal vorbei mit ausgeglichen, aber sowas von, aber gleich mit der Rathaustüre ins Haus zu fallen wäre dann kriminaltaktisch doch eher der Supergau. Besser wir beobachten diese Gift-Hütte vor den Toren dieses beschaulichen Dörfchens noch ein bisschen, aber mit dem Alois im Schlepptau als Sherlock und Watson, ich weiß nicht recht.
Wenn der Bürgermeister selbst dahintersteckt, würde er bestimmt alles abstreiten und könnte die Fässer auch wieder, wer weiß wo, beseitigen lassen und andernfalls, wenn er nichts davon gewusst haben sollte, könne man das Gemeindeoberhaupt immer noch mit ins Boot holen. In jedem Fall müssen wir aber zuerst einmal weitere Beweise

sammeln und was es mit diesem ominösen Tschechien-Deal auf sich hat.
Könnte es da eventuell einen Zusammenhang geben und die Fässer möglicherweise von dort stammen? Dann wüsste der Bürgermeister aber jedenfalls mehr darüber und würde mit Sicherheit auch noch gehörig Profit daraus schlagen und die Penny, wie die in diese ganze Geschichte passt, ist mir auch noch schleierhaft.

„Hast du etwas gesagt?“ fragt der Loisl, der neben mir auf der Bank in die Morgensonne blinzelt und mich damit aus meinen Gedankenexperimenten reißt. „Ich, nein, nix!“ sag ich nur, darauf der Alois: „Noch einen Espresso?“, was von mir umgehend mit einem knappen „Logo!“ quittiert wird und ich beschließe, erst einmal nichts von meinen Beobachtungen zu erzählen. Zuerst noch ein paar Beweise sammeln und vielleicht sollte ich auch einmal mit dem Gruber Bertl reden. Keine Ahnung, ob der was weiß, aber sonst spricht in dem Dorf vermutlich eh keiner mit mir und solange die Fässer nur in der Hütte stehen, ist ja schließlich auch noch nix passiert.

#

Zur selben Zeit in der rathäuslichen Gemeindeschalt-zentrale geht es aber eh auch gerade um Giftmüll, nur andersrum, also konkret um die dazugehörige Insider-information, quasi Buschfunk

oder besser Bauernfunk, dass der Zugereiste nämlich bei der Hütte mit den Fässern war.
Diese Tatsache wurde den bürgermeisterlichen Ohren selbstverständlich umgehend zugetragen und sorgt jetzt für dringenden Handlungsbedarf.

„Des wor do a amoi a Gendarm, der geht do net zufällig dort spazieren, der sitzt uns im G´nack, do mias ma wos tuan, am besten gestern, bist deppert, der torpediert uns den ganzen Deal!“
Franz Josef Buxbaum ist außer sich und die eingeweihten Herren ringsum ziehen nur die Köpfe ein und lassen ihn toben. Sie wissen nur zu gut wie es ausgehen kann, wenn nicht alles nach den Vorstellungen des Gemeindeoberhauptes läuft, das kann schon mal handgreiflich enden und da will keiner das Ziel seines Unmutes werden.
„Lösungsvorschläge!“ fordert der Bürgermeister jetzt ein und setzt gleich nach, dass zwar alle in der Gemeinde von seinem politischen Know-how, seinem verhandlungstaktischen Fingerspitzengefühl und vor allem dem daraus resultierenden Tschechien-Deal profitieren wollten und künftig auch werden, aber keiner wolle auch die notwendige Leistung dafür erbringen.
Ein kleinlauter Versuch von einem der Anwesenden: „Aber wir haben doch eh die Fässer …“ wurde sofort von einem laut schreienden: „Einen Scheiß habt´s ihr!“ im Keim erstickt. Weiters wird wortreich ausgeführt, dass es nur dem Herrn Bürgermeister selbst und seinem getreuen

Handlanger, dem geschäftsführenden Gemeinderat Sauschläger zu verdanken sei, dass die Gemeinde, die fleischproduzierenden Landwirte und die Weinbauern auf kurz oder lang Gold scheißen würden. Nur wegen diesem Deal, der klug und vorausschauend eingefädelt wurde und jetzt müsste halt auch die Bevölkerung von Nest an der Wild an einem Strang ziehen und zeigen, aus welchem Holz sie geschnitzt ist.

Zustimmende demonstrative Einigkeit und Kopfnicken war in der gesamten Runde zu vernehmen, mehr aus Angst als aus Überzeugung und vor dem Hintergrund, dass es zum jetzigen Zeitpunkt eh kein Zurück mehr gäbe. Man müsse halt an dem ursprünglichen Plan festhalten, der war ja grundsätzlich nicht der schlechteste, nein, der ist ausgesprochen gut, ergänzt der Bürgermeister energisch, also Ärmel hochkrempeln und diese depperten Fässer jetzt schnell beseitigen. Und diesen Schnüffler werde man im Auge behalten, wenn alle Stricke reißen sollten, könne man ja immer noch das tschechische Knowhow anzapfen, bei den nördlichen Nachbarn sei man da nicht so zimperlich.

Jetzt wurde die Stimmung ausgelassener, das Gemeinde-oberhaupt hat sich beruhigt und so konnten sich alle anderen auch wieder entspannen, buxbaumischer Wille war halt Gesetz, zumindest in diesem Nest. Plopp, plopp, ein paar Flascherln eisgekühlter Gelber Muskateller waren rasch entkorkt und die Gemeindesekretärin würde bestimmt bald mit dem Leberkäse auf der Matte stehen, na dann, Prost Mahlzeit!

#

Unter dem Vorwand, beim Gruber Bertl etwas Gemüse zu holen, hab ich mir dann am Nachmittag die alte Vespa vom Alois ausgeborgt. Die ewige umadum Hatscherei geht dir auf Dauer halt auch irgendwann am … am Zeiger. Also zu Fuß zu gehen hat schon was entspannendes, fast schon meditatives, überhaupt wenn du keinen Zeitdruck und auch kein wirkliches Ziel hast, noch dazu in der freien Natur. Aber nachdem ich ja schon wieder rückfällig geworden und quasi voll im Ermittlungsmodus bin, mach ich mir auch gleich wieder selbst einen unnötigen Stress und da muss dann halt alles zack zack gehen, also Vespa fahren. Mit der alten Dose hat aber auch das schon fast was Meditatives. Nicht wie in der Stadt links rechts zwischen den Autos durch, als erster bei der Ampel wegstarten und so, sondern einfach auf der Landstraße dahinknattern.

Gut mit Euro 6 ist da nix, mit dem Benzin-Öl-Gemisch, da qualmts hinten ganz schön raus und stinken tut´s, wie altes Schnitzelfett, aber ganz altes! Keine Ahnung, was der Loisl da einfüllt. Aber was solls, alle drei Wochen einmal Vespa fahren, davon werde ich jetzt die Klimaerwärmung nicht enorm anheizen, anheizen, lustiges Wortspiel eigentlich, oder?

Zisch, bist du deppert, beim Knattern der Vespa hab ich den jetzt nicht gehört, so ein sportlicher sündteurer Elektroflitzer überholt mich und ich verglühe beinahe in seinem Abgasstrahl, kann den Lenker vom Roller gerade noch so festhalten, also eher in seinem Sog, Abgase produziert er ja keine.

Zumindest nicht beim Fahren, bis er einmal fahrbereit dasteht fallen schon haufenweise Emissionen an, aber die sind dann eh nicht bei uns, sondern irgendwo anders auf der Welt und dort sind sie uns wurscht. Von den armen Menschen und teilweise sogar Kindern, die weltweit in den Lithium- und Kobaltmienen die Rohstoffe für die Akkus fördern ganz zu schweigen und zusätzlich haben die Atomlobbyisten ein Argument, ihre Meiler noch länger zu betreiben und versorgen das Netz jetzt neuerlich EU-weit mit ihrem grünen „Bio-Strom", aber das ist wieder eine ganz andere Geschichte.

Also für mich ist das astreines Greenwashing für die G´stopften und dann mit dem 100.000-Euro Tesla aufs Land zum Bauern fahren und um ein paar Cent auf oder ab für die Bio-Karotten streiten, als Beilage fürs 2-Kilo T-Bone-Steak vom Diskonter. Eine verrückte Zeit, nein, irgendwas gehört eh gemacht, aber mit Hirn, aber was weiß ich schon, als kleiner Kiberer, oder Ex.

Hat der Elektroflitzer ein tschechisches Kennzeichen, schon, aus Brünn oder, wurscht, ist da in der Gegend ja nix außergewöhnliches, ist ja nur ein Rutscher über die Grenze, oder besser,

ehemalige Grenze. Fahrt der auch auf den Gruber-Hof, sind denen da drüben die Bio-Karotterln ausgegangen? Nein, zischt eh weiter, aber ich bin da und bieg auch schon knatternd auf die geschotterte Zufahrt zum Haupthaus ein. Na sehr schön, vor einigen Jahren renoviert, aber dezent, nicht so übertrieben wie anderswo, wo du nicht weißt, ob du jetzt auf einem Bauernhof oder in der Wellnesslandschaft von einer Fünf-Sterne-Hütte bist.
Naja, eh verständlich, wenn der g´spritzte Tesla-Fahrer sein Biogemüse kaufen fahrt, will er halt nicht daran erinnert werden, dass das einmal in der Erde gesteckt ist, bei den vielen Bakterien, das Fleisch kommt ja schließlich auch aus der Kühltheke im Supermarkt und nicht aus dem Saustall. Aber der Gruber-Hof ist nicht so schickimicki, zwar renoviert, sehr sauber und trotzdem erkennt man, dass man auf einem Bauernhof ist, na geht ja eh, schön.

Ich steig ab und betrete den bodenständigen Hofladen und der Bertl kommt schon auf mich zu: „Servus Commissario, magst einen Kaffee?“ lacht er mir entgegen, der kennt halt auch dem Loisl seinen Schmäh, aber Kaffee geht immer und ich nicke. Kurz darauf sitzen wir im Wintergarten und vor mir steht so ein French-Press-Dingsbums, großer Gott, schon klar, manche schwören auf diese Art der Kaffeezubereitung und allemal besser als die Alu-Kapsel-Brühe im Büro, aber an dem Alois seinen

Espresso kommt der bei weitem nicht heran, aber wurscht, ich bin ja jetzt nicht zum Kaffeetratsch da. Also fang ich nach dem üblichen höflichen Smalltalk einmal an, das Gesprächsthema ganz vorsichtig in Richtung Umwelt zu lenken und der Herr Ingenieur springt natürlich sofort darauf an. Hält gleich ein ganzes Referat über die Wichtigkeit der Bodenbeschaffenheit in der Bio-Landwirtschaft, na Halleluja, ich eh nicht wirklich eine Ahnung und nicke nur wie ein Wackel-Dackel aber er voll in seinem Element und als ich dann einen Vorstoß wage und wie ich meine, sehr kryptisch das Wort Giftmüll einwerfe, stutzt der Bio-Bauer, reißt die Augen auf und dann wird die ganze Geschichte zum Selbstläufer.

Der Bertl fängt jetzt nämlich ganz euphorisch zu erzählen an, dass er die Penny vor vier Tagen, spät am Abend noch getroffen habe, wie er von der Blasmusikprobe nach Hause gegangen ist, und dabei hätte sie ihm gegenüber auch irgendetwas von wegen Giftmüll gesagt, es habe wiedermal Streit mit dem Bürgermeister gegeben oder war der Bürgermeister Streitthema zwischen ihr und dem Loisl? So genau könne er sich nicht mehr erinnern. Irgendein krummes Ding soll Penny noch erwähnt haben, aber sie würde der Sache noch nachgehen und dann müsse man sich ohnedies einmal zusammensetzen. Sie wäre aber gerade mit ihren Gedanken ganz wo anders. Wie ich jetzt einwerfe, logisch, mit Fingerspitzengefühl, ob man denn

vielleicht im Dorf Fässer mit Giftmüll gefunden habe, konnte mir der Bertl aber nicht folgen, oder tat er nur so erstaunt, aber er meinte nur, dass er nichts von Fässern wüsste. Er vermutete hinter dem erwähnten „Giftmüll“ vielmehr eine Metapher ihrerseits, in Zusammenhang mit der vergifteten Stimmung innerhalb der Gemeinde, wegen der Demo und überhaupt, dem Alois und ihr gegenüber. Es sei ja auch nichts Ungewöhnliches gewesen, Penny wäre öfter mal am Abend spazieren gegangen, um nachzudenken aber als sie der Bertl zuletzt getroffen haben will, sei sie irgendwie komisch und nur ganz kurz angebunden gewesen.
Sie habe sich in letzter Zeit hier offenbar nicht mehr ganz so wohl gefühlt aber mit dem Alois habe sie angeblich darüber nicht reden können und als dann im Dorf bekannt wurde, dass man ihre Leiche gefunden hat, wäre er einfach nur unfassbar traurig gewesen und hätte gar nicht mehr daran gedacht, dass vermutlich er der letzte war, der sie lebend gesehen haben könnte, na nicht schlecht Herr Specht!
Wie ich dann noch versuche nachzubohren, wird der Herr Ingenieur aber ganz weinerlich und schluchzt schon fast wie er mir noch sagt, dass er ihre wirren Andeutungen auch nicht ganz durchschaut habe, aber die Penny hätte nichts Näheres ausgelassen, habe nur alleine sein wollen und jetzt ist sie tot. Dem Alois wollte er vor zwei Tagen noch sein Beileid aussprechen, aber der wäre ja in ganz anderen Sphären geschwebt, unvorstellbar eigentlich. Erst

heute bei dem Gespräch mit mir sei ihm dann alles wieder in Erinnerung gekommen, aber er wüsste wirklich nicht, was da in der Penny vorgegangen sei und bevor er mir jetzt noch den Ärmel vollrotzt, schnapp ich schnell mein Gemüsekörberl, bedanke mich für den Kaffee und mach mich vom Acker.

Wie ich dann wieder die harte unbequeme Sitzbank der alten Vespa unter mir spüre und heimwärts knattere, mach ich mir aber fast Vorwürfe.
Das war jetzt wirklich nicht sehr einfühlsam von mir, ich glaube Ahimsa nennen es die Yogis, es wird oft mit Gewaltlosigkeit übersetzt, bedeutet aber eigentlich im weitersten Sinne allen Lebewesen mit Respekt zu begegnen, wenn ich mich nicht irre. Und ich fahr zum Bertl, versuche ihn auszuquetschen wie eine Zitrone und wie der gute Mann dann ein bisschen Gefühle zeigt, hau ich ab, nix Respekt, nix Ahimsa, ganz super.
Aber ganz koscher kommt mir die Sache nicht vor. Schon klar, in so einem Kaff wie Nest an der Wild, wo die Uhren noch, sagen wir einmal traditioneller schlagen, findet man sich halt zusammen, die waldviertler Neo-Ökos, aber dass den Bertl der Penny ihr Tod dann doch so mitnimmt, dass er da vor mir Rotz und Wasser heult, oder ist da doch was dran, an dem angeblichen Ex-Pantscherl. Naja, wenn die Geschichte stimmt, also die, die er mir gerade erzählt hat, dann weiß ich jetzt zumindest, dass der Bio-Bauer der Letzte war, der die Penny lebend gesehen hat, also bis auf ihren Mörder oder ihren

Unfall-Nachhelfer. Da kann der einfältige Hilfssheriff aus Waidhofen sagen was er will, das Hämatom im Genick ist für mich jedenfalls ein Indiz dafür, dass da irgendetwas passiert ist, was nicht passieren hätte sollen, aber was?
Dem Bertl traue ich so etwas aber bestimmt nicht zu, oder doch, nein, oder, aber ich habe ihn ja gar nicht nach Penny gefragt und er beginnt einfach zu erzählen. Ob meine Lieblings-Religionspädagogin von den Giftfässern jetzt gewusst hat oder nicht, da bin ich so schlau wie zuvor oder schüttet mich der Bertl komplett mit´n lauwarmen Tee an? Vielleicht weiß er in Wirklichkeit vielmehr über diesen Giftmüll-Deal als er zugibt, stoßt die Penny in den Löschteich, weil sie es herausgefunden hat und spielt jetzt den trauernden Freund.
Nein, verdammt noch eins, aufwachen du Super-Kiberer, in dem Nest rennen lauter dubiose Gestalten herum, keiner mag Vegetarier und Freidenker gleich gar nicht, die organisieren deswegen sogar Demonstrationen und der Ober-Bio-Karottenbauer soll der Mörder gewesen sein, ja geht's noch.
Es ist aber wirklich wie verhext, ich steh komplett an, die letzten Jahre hab ich die meisten meiner Fälle vom Schreibtisch aus geklärt, mit Internet und Open source Itelligence und den ganzen anderen elektronischen Helfern. Aber das sieht man nicht, bei Miami Vice, da tritt der Don Johnson die Tür ein und in 45 Minuten ist alles erledigt. Ich sitz im

Waldviertel in einem alten Gasthaus und soll mir die Lösung aus den Fingern saugen.

Hoppala, ich muss mich erst wieder daran gewöhnen, dass es mit dem Roller dann doch schneller geht als zu Fuß und so in Gedanken versunken hätte ich fast den Abzweiger zu meiner Hütte verpasst. Ich hab mit dem Alois ausgemacht, dass ich gleich mit seiner Vespa nach Hause fahr und ihm das gute Stück dann morgen in der Früh zurückbringe. Er ist jetzt eh nicht in der „Kornblume“ sondern bei seinen Eltern, sein Vater wollte heute Nachmittag irgendetwas mordswichtiges mit ihm besprechen, armer Loisl, muss er sich halt an einen schönen Ort denken, der Herr Ausgeglichen und den Alten quatschen lassen, Ohm shanti, jetzt muss ich lachen.
Ich stelle den Motor ab, schiebe die Vespa in den kleinen leeren Schuppen neben meiner Jagdhütte und betrete das Haus. Puh, da steht die Luft, den Zigarettenrauch von meinem Vater bekomme ich in zehn Jahren nicht mehr aus dem Haus, obwohl seit seinem Tod vor ein paar Jahren hier niemand mehr geraucht hat. Komisch, erst einmal alle Fenster auf und den Innenraum mit der milden Frühsommerluft fluten. Sehr schön und wie ich dann so auf meiner Terrasse sitze besinne ich mich wieder ein bisschen, schon erstaunlich wie schnell man in alte Muster zurückfällt. Da glaubst, du bist der Über-Yogi nur weil du regelmäßig deine Asanas übst, dich halbwegs gesund ernährst, je nachdem, und

manchmal den Versuch unternimmst zu meditieren, aber man unterschätzt das. Für mich als ehemaligen Workaholic ist es offensichtlich wie bei einem Alkoholiker, der nach erfolgreichem Entzug wieder ein kleines Schluckerl trinkt. Bei mir ist es halt die Ermittlerei, aber für den Moment reicht es dann auch, verschreibe ich mir jetzt selbst und rolle wieder einmal, oder gerade deshalb meine Yogamatte auf der Terrasse aus.

#

Grete Buxbaum nutzt die anbrechende Abenddämmerung um ihr Vorhaben zu verwirklichen. Ihr Mann hat sie weggeschickt, sie solle irgendwas mit den Kirchen-Weibern unternehmen, er müsse mit dem Alois etwas Wichtiges bereden, eine dringende Gemeinde-angelegenheit die den Herrn Bürgermeister höchstselbst erfordere und dabei könne er sie nicht brauchen.
Ihre Rosenkranzrunde würde aber noch ein bisschen ohne der Frau Bürgermeister auskommen müssen, die sitzt nämlich aktuell auf ihrem neuen E-Bike und flitzt noch schnell zum Gruber-Hof rüber, mit dabei und gut verstaut in ihrer großen Umhängetasche Penny´s Laptop.
Mit elektrischer Unterstützung ist der Weg in guten zehn Minuten geschafft, das Fahrrad lehnt sie an einen Baum, so dass es nicht jeder von der Straße gleich sieht und nähert sich auf Zehenspitzen und

über den gepflegten Rasen dem Bauernhaus. Immer bedacht, dass sie auf dem Schotter in der Einfahrt keinen unnötigen Lärm verursacht, was sich Grete Buxbaum aber eigentlich auch sparen könnte, da Herr und Frau Gruber noch einmal für die morgige Sonntagsmesse proben, er mit seiner Tuba und sie auf der Querflöte, die beiden Kinder zocken auf der X-Box und sind dabei ohnedies ganz gefangen in ihrer virtuellen Bubble und quasi von der Außenwelt abgeschnitten.

Aber für die Frau Bürgermeister ist das alles wie in einem ihrer geliebten Fernsehkrimis und das Herz schlägt ihr bis zum Hals, wie sie jetzt ganz vorsichtig die ehemalige Stalltüre öffnet, das aufgeschreckte Vieh konnte ihr Eindringen nicht verraten, da es ja vor einiger Zeit gegen Obst und Gemüse getauscht wurde. Sie schnaubte verächtlich und musste dann kurz auflachen, bei dem Gedanken, dass die Zucchini schon nicht Alarm schlagen werden. Das Hexen-Notebook ist dann schnell im letzten Eck unter einem alten Strohballen versteckt, die Spinnweben verrieten ihr, dass dort die letzten Jahre keiner mehr gewesen sein konnte, also perfekt für ihr Projekt. Jetzt grinst Grete Buxbaum über das ganze Gesicht, als sie so lautlos wie sie gekommen war, wieder aus der halb geöffneten Türe ins Freie schlüpft, um sich dann aber sofort wieder hinter einem Stapel hölzerner Gemüsesteigen zu verstecken. Ein Lachen bleibt ihr jetzt unweigerlich im Halse stecken, weil sie nämlich Stimmen hört, die sich recht rasch ihrer Position zu nähern

scheinen. Nicht die Gruber´s, sondern offensichtlich zwei Männer und die machen sich nicht die Mühe, wie zuvor sie selbst, ihr Kommen zu verheimlichen. Zügig aber gelassen schieben die beiden eine gummibereifte Sackkarre mit einem großen gelben Fass vor sich her, direkt vorbei an dem Kistenstapel hinter dem sich die Frau Bürgermeister jetzt so klein macht, wie es ihr möglich ist und dabei kann sie vernehmen, wie der eine Mann zu dem anderen sagt: „… scheiß dich nicht an, bei dem Lärm im Haus, den die Paradeiser-Züchter Blasmusik nennen, hört uns keiner, schnell das Fass in die Jauchegrube gekippt und ab durch die Mitte!"
Grete Buxbaum fällt, trotz Tuba-Lärm fast hörbar, ein Stein vom Herzen, wie die beiden Gestalten hinterm Haus verschwinden, kommt hinter ihrem Versteck hervor und läuft, diesmal nicht auf Zehenspitzen und ohne Rücksicht auf die geschotterte Einfahrt, sondern so rasch es ihr möglich ist, in Richtung Baum, schwingt sich fast schon sportlich-elegant, wie man es einer Frau ihren Alters und Statur nicht zutrauen würde, auf ihr E-Bike und radelt, ohne die Beleuchtung einzuschalten, in Richtung Hauptplatz davon.
Bist du deppert, hätte ihr jemand gesagt, dass man es vom Gruber-Hof zur Kirche in unter fünf Minuten schafft, na genau, hätte sie geantwortet, vielleicht der Armstrong auf Stoff, aber das sie so eine Spitzenleistung erbringen könnte. Okay, beflügelt von der Angst, man könnte sie entdecken und mit der Unterstützung eines Elektromotors, aber das

muss trotzdem Rekordzeit gewesen sein. Jetzt wurde ihr etwas flau in der Magengrube und sie glaubte, sich übergeben zu müssen, lehnte ihr Fahrrad an die Kirchenmauer und setzte sich für einen Moment auf eine Parkbank, durchatmen, ruhig durchatmen, ein und aus, na geht eh schon wieder und jetzt kam etwas anderes in ihr hoch. Die Euphorie, etwas Verbotenes getan zu haben und nicht erwischt worden zu sein.
Jetzt strahlt Grete Buxbaum über das ganze Gesicht und fühlt sich irgendwie ganz leicht und frei, schön, wie nach einem Orgasmus, also vermutlich, ihr letzter lag schon solange zurück, dass sie sich nur noch vage daran erinnern konnte, irgendwann in der Oberstufe und der Auslöser war damals jedenfalls nicht der Herr Bürgermeister. Ihre Augen beginnen zu glänzen, sie hat einmal irgendwo gelesen, dass es einen „Runners-High" gebe, man fühlt sich dabei angeblich wie auf Drogen, wenn man nur lange genug läuft, aber von einem „Verbrechers-High" hatte sie noch nie gehört. Nicht einmal bei den Rosenheim Cops und die müssten das doch eigentlich wissen, oder? Jetzt kichert sie wie ein verliebtes Schulmädchen.
Aber was haben die beiden Männer auf dem Gruber-Hof gemacht? Was hat der eine gesagt, das Fass in der Jauchegrube versenken, warum ausgerechnet dort? Die Stimme ist ihr auch irgendwie bekannt vorgekommen und von der Statur her könnte das der Sauschläger Karl-Heinz gewesen sein. Was führt der schon wieder im Schilde? Der steckt sowieso immer

mit ihrem Mann unter einer Decke und der Kleine, der ihm geholfen hat, war vermutlich sein Feuerwehr-Kumpel, wie heißt der noch gleich, eh wurscht, Hauptsache die Beiden haben sie nicht gesehen und jetzt schnell zur Rosenkranzrunde.

Immer noch leicht beflügelt öffnet Grete Buxbaum die schwere alte Eichentüre des Seiteneingangs und trippelt, fast so lautlos wie zuvor am Gruber-Grundstück, durch das Kirchenschiff bis zur vordersten Reihe, gleitet dann elegant über die Holzbank, nickt ihrer Sitznachbarin unmerklich und fast schon ein wenig entschuldigend zu und fügt sich routiniert in den gemeinschaftlichen Sprechrhythmus ein: „Heilige Maria Mutter Gottes, bitte führe uns Sünder …“

#

„Atemlos durch die Nacht!“ trällert Franz Josef Buxbaum gut gelaunt und voller Inbrunst, während er sich selbst vor dem großen Vorzimmerspiegel stehend bewundert und sehr sorgfältig, der Reihe nach, die goldenen Knöpfe seiner Feuerwehruniform schließt. Der Schlager aus dem Radio im Wohnzimmer beschallt derweil das ganze Haus, aber nach so einem erfolgreichen Abend darf man ruhig etwas ausgelassen sein. Er zuckt fast ein bisschen rechtfertigend mit den Schultern und was er jetzt sieht, findet Gefallen. So ein stattliches Mannsbild in Offiziersuniform, da gehen die Damen doch

bestimmt reihenweise in die Knie, selbst so eine Granate wie die Protagonistin des eben gehörten Hits müsste da schwach werden, ist der Herr Bürgermeister überzeugt und zwinkert seinem eigenen Spiegelbild selbstsicher zu.
Sollte das heutige Gespräch mit dem Alois die erhofften Früchte tragen, lustig, beim Vegetarier Früchte tragen, und davon geht das Gemeindeoberhaupt aus, würde dies jedenfalls sehr rasch den gewünschten und notwendigen Schwenk in der heimischen Gastro-Szene einläuten und so dem wohlweislich eigefädelten Tschechien-Deal und dem damit einhergehenden wirtschaftlichen Aufschwung für Nest an der Wild nichts mehr im Wege stehen. Eine diesbezügliche telefonische Bestätigung der nördlichen Nachbarn, dass man sich um alles weiter kümmern werde, hat Franz Josef Buxbaum bereits heute Mittag erhalten.
Jetzt müssen nur noch diese depperten Fässer wie geplant entsorgt werden, da sollte aber der Karl-Heinz eh schon dahinter sein, na hoffentlich berichtet der gleich bei der Feuerwehrsitzung über entsprechende erste Erfolge.
Der Herr Bürgermeister setzte sich noch seine schmucke goldverzierte Mütze auf, die ihn unverkennbar als Feuerwehrkommandanten auszuweisen vermag, leicht schief ins Gesicht gezogen, so wie dieser Schauspieler, dieser Richard Gere in dem alten Film und er riskierte noch einen allerletzten selbstverliebten Blick in den Spiegel. Genau, ein Offizier und Gentleman, jetzt grinst er

wie ein frischlackiertes Hutschpferd, macht sich rasch auf in Richtung Feuerwehrhaus und der Durst beschleunigt seinen Schritt noch zusätzlich.

#

Also ich fordere mich ja schon ganz gerne, insbesondere beim Yoga und es macht mir auch Spaß, hin und wieder so ganz wilde Stellungen auszuprobieren, auch wenn es zuweilen schon einmal etwas ausarten kann und ich mich dann in diese Asanas hineinquäle, mit atmen ist dann nix mehr, mit ruhig atmen schon gar nicht. Obwohl ich ja von so modernen Auswüchsen wie Acro-Yoga eh noch meilenweit entfernt bin, gottseidank, lustig, der Name ist ein sogenanntes Kofferwort, also eine Zusammenfügung der Worte Akrobatik und Yoga, nicht von einem „Koffer" erfunden, wie man meinen könnte, aber hin und wieder braucht es dann halt auch ein bisschen eine Challenger. So wie in der Früh und ich reibe wohlweislich meine Handgelenke.
Wenn ich aber ehrlich zu mir selbst bin und vor allem, wenn ich nach der Yoga-Praxis ganz aufmerksam in mich hinein höre, das beste Feedback ever, geht es mir aber eigentlich nach einer Yin-Yoga-Einheit immer am besten.
Ganz einfache Haltungen, entspannt eingenommen, eventuell unterstützt mit einem Polster oder zwei Büchern, in meinem Fall zwei alte Wälzer von meinem Vater, als Ersatz für Yoga-Blöcke und ganz

aufmerksam und tief in den ganzen Körper hineingeatmet, schön und genau das, was ich jetzt brauche.
Also sitze ich da in der Schildkröte, die hat meinen Streichelzoo schon länger nicht mehr besucht, also die Fußsohlen aneinander gelegt, die Knie locker nach außen fallen lassen und der Oberkörper ruht vorsichtig nach vorne gebeugt auf einem dicken Polster, aufpassen auf den unteren Rücken, die Arme hab ich noch unter den Unterschenkeln durchgefädelt, Handflächen nach oben, Schultern und Nacken locker. Mit jeder Ausatmung sinke ich durch die Schwerkraft tiefer in die Haltung hinein. Irgendwie schwerelos und nach kurzer Zeit auch richtig gemütlich, wie die Schildkröte selbst. Ich bin ja jetzt nicht so firm in den alten indischen Veden, aber ich glaube die Schildkröte ist die zweite Erscheinungsform oder Reinkarnation von Vishnu, der Gott der Beständigkeit oder so ähnlich, passt eigentlich gerade ganz gut, einer von den netteren hinduistischen Göttern. So einen könnte ich jetzt bei Zeiten auch brauchen, um mich wieder halbwegs elegant aus der Asana herauszuholen.
Im Idealfall vergisst man während der Praxis alles rund um sich und ist nur im Hier und Jetzt, genau das ist aber mein Manko und deshalb schaue ich auch beim Üben hin und wieder von meiner Terrasse rüber zu der Holzhütte.
Also zumindest in die Richtung, in der ich aufgrund der vorangeschrittenen Dämmerung die Hütte mit den Giftfässern vermute, aber heute kann ich dort

keine Aktivitäten ausmachen. Entweder waren die schon früher dran oder sie kommen noch, wie die letzten beiden Abende. Oder aber der Traktorfahrer von Gestern hat seinen Kumpanen brühwarm berichtet, dass er mich dort gesehen hat und wenn sie eins und eins zusammenzählen können, liegt es für sie nahe, dass ich bei der alten Holzhütte herumgeschnüffelt haben könnte, na sehr super Herr Ober-Kiberer, schon aufgeflogen.
Gut gemacht und ich höre wieder Marie oder doch Penny, ganz sicher bin ich mir jetzt nicht, aber die Stimme sagt zu mir, alles darf so sein, wie es ist, nur passt mir das ausgerechnet jetzt und heute gar nicht. Nix darf so sein, wenn die wissen, also wer auch immer dahintersteckt, dass ich ihr Gift-Lager kenne, dann werden die alles daransetzen, die Fässer so rasch wie möglich zu entsorgen und nicht nur die Beweise sind dann dahin sondern viel schlimmer, der Giftmüll liegt irgendwo, wo er nicht liegen sollte und demnächst kannst dir dann aus den frischen Eierschwammerln aus dem Wald, das alte tschechische Quecksilber herausbraten, sehr lecker. Oder aber, ich reagiere wieder einmal über und keiner weiß was, die haben einfach einmal die Fässer dort in der Hütte zwischengeparkt und ich habe heute keine Aktivitäten wahrgenommen, weil dort heute keine Aktivitäten waren. Vielleicht sitzen die Übeltäter, nach zwei anstrengenden Nächten, heute auch lieber beim Wirten und hauen sich ein paar gepflegte Biere hinter die Kiemen, als im Finstern Fässer zu schleppen.

Tief einatmen, cool bleiben und chillen heißt das auf Neu-Deutsch, ich muss grinsen, ja als echter Wiener musst du halt immer raunzen, auch wenn es gerade nix zum raunzen gibt. Da musst du halt erst einmal lernen, dass man alles akzeptieren muss, wie es kommt. Was geht mir eigentlich ab? Ich bin am Leben und mir geht's gut, heute hab ich einen schönen Ausflug gemacht, eine wohltuende und entspannende Yoga-Praxis hinter mir und sehr bald auch ein gutes Gemüsesupperl vom Bertl seinem Bio-Körberl in mir, das köchelt gerade noch am Herd vor sich hin und duftet, schön, oder, nein wirklich schön, ergo nicht bewerten, nur akzeptieren und chill mal lieber deine Atmung, durch die Nase ein, zwei, drei, vier …

#

Aber auch der Herr Prälat war durchaus zufrieden und das lag heute nicht am Messweinspiegel, wie die letzten Monate. Heute gab es nur Kräutertee und trotzdem, oder vielleicht gerade deshalb, stellte sich bei dem Kirchenmann ein wohliges Gefühl ein. Vielleicht sollte er sich das mit Chile doch besser noch einmal überlegen, so übel war es hier im Waldviertel eigentlich gar nicht. Zumindest heute bei der Abendmesse ereignete sich etwas Ungewöhnliches, also eher erfreulich ungewöhnlich. Drei Damen der Rosenkranzrunde stießen die Königin vom Thron und bei dem Gedanken an das Szenario musste er breit grinsen. Als es wieder

einmal Zeit für die Führbitten war, machte sich Grete Buxbaum schon bereit als sie auf ihrer Bank, von zwei Damen links und rechts von ihr, am Aufstehen gehindert wurde. Die Dritte nahm dann, unter zustimmenden Gemurmel aller Anwesenden, den Stammplatz der Frau Bürgermeister am Lesepult ein und es folgten Führbitten, die ihren Namen auch verdienten, schön. Es ging um Weltfrieden und um Hunger der doch gestillt gehöre und um Gesundheit für die Kranken und um Trost für die Hinterbliebenen, einfach schön. Er war immer der Ansicht, dass eine Führbitte doch ihrem Wesen nach ein kleines Gebet ist, ein Wunsch, eine Zwiesprache mit Gott sein sollte und nicht wie hier in der Gemeinden, wo dieser Abschnitt der Messe allabendlich von einer verbitterten Bürgermeistersgattin für ihre Brandreden missbraucht wurde. Da war die heutige Darbietung doch sehr erfrischend und nach der Abendandacht konnte der Seelsorger noch mitbekommen, wie man seitens der Rosenkranzrunde ihre, möglicherweise ehemalige Leitfigur dann noch ins Gebet nahm und soweit er hören konnte, ging es dabei nicht um Nachsicht und Mitgefühl, sondern um frischen Wind und eine, im Vorfeld demokratisch geplante Organisationsänderungen innerhalb der Damen-gruppe.
Dem Herrn Prälat blieb nur zu hoffen, dass dieser Kreuzzug der Emanzipation anhalten würde, er peppte sich seinen Tee jetzt doch mit einem Schuss auf und lachte herzlich.

Sie wünschte sich doch immer einen Kreuzzug und jetzt war Grete Buxbaum mittendrinn in einem: „deus vult!“, diesmal wirklich.

siebenter Tag.

Auch Gott musste sich am siebenden Tag ausruhen, also darf auch ich heute auch einmal ausschlafen, auch nicht schlecht, nix Morgenroutine, nix Yoga und vor allem nix guten Morgen Sonnenschein.
Es schüttet wie aus Schaffel´n, ja bist du deppert, also auch nicht wirklich ausschlafen. In meiner Hütte ist es eiskalt, was soll ich sagen, Waldviertel im Sommer, der Holzofen ist ausgegangen und obendrein prasseln die Regentropfen ziemlich laut auf das Alu-Dach. Die letzte Modernisierung, die mein Vater diesem Refugium vor einigen Jahren noch angedeihen ließ, na recht vielen Dank, Papa.
Ich ziehe mir jetzt auch noch die zweite Decke, die sich am Fußende zusammengerollt hat, hoch bis unter die Nasenspitze und schließe noch einmal die Augen, lieg ganz entspannt auf dem Rücken und schön langsam macht sich dann doch eine wohlige Wärme breit. Noch im Halbschlaf atme ich ganz ruhig und tief, zuerst in den Bauch und dann in meinen ganzen Körper, durch die Nase ein, kurz halten und durch die Nase wieder aus und jetzt kann ich den Atem wieder einmal bis in die Zehenspitzen spüren. In den eiskalten Zehenspitzen, die ganz langsam immer wärmer werden und jetzt sogar ein bisschen zu kribbeln anfangen, schön. Wer sagt eigentlich, dass man sich für die Morgenmeditation immer einen Knoten in die Beine machen muss?
Und jetzt lausche ich ganz aufmerksam den Regentropfen, die auf den Aluminiumdachplatten

offenbar einen ganz eigenen monotonen Rhythmus verfolgen und mich dadurch ganz weit forttragen, innere Ruhe, danke Papa!

Gottseidank steht dem Loisl seine Vespa bei mir im Schuppen, frisch geduscht und sowas von entspannt muss ich jetzt den Weg zur „Kornblume“ bei diesem Sauwetter nicht per pedes zurücklegen, wie der alte Lateiner sagt, aber weit gefehlt. Der Herr gibt und der Herr nimmt. Der Kickstarter von diesem alten italienischen Scheißhaufen, ruhig durchatmen, italienischen Blechhaufen will und will nicht, oder bin ich einfach zu blöd dafür, also wieder einmal zu Fuß. Ich lass den Roller stehen, eh besser für die Umwelt, die sich gerade aus allen Wolken über mir ergießt, schmeiß mir noch den alten Wetterfleck aus jagdgrünem Loden über, der seit gefühlten hundert Jahren an dem Nagel unter dem Vordach hängt und auch genauso riecht, und jetzt aber Laufschritt.

#

„namaste commissario!“ hör ich den Alois rufen, der mit verschränkten Armen im Rahmen seiner Eingangstüre steht und mich mit einem breiten Grinser beobachtet, wie ich den Schotterweg in Richtung Gasthaus laufe, quasi Slalom zwischen den tiefen Pfützen. Nass von oben, nass von unten, die Dusche hätte ich mir sparen können.
Was muss eigentlich passieren, dass dem Loisl seine gute Laune einmal vergeht?

Und wie er mich jetzt fragt: „Einmal wie immer?“ fällt mir nur spontan ein: „Geh, hupf in Gatsch und schlog a Wön …“ worauf der AJ mit zwei kleinen Espressohäferln winkt und lachend einstimmt: „… aber tur mi do net quwön.“.

Keine Ahnung, wie er das immer macht, aber schlagartig ist auch meine Stimmung wieder besser und das liegt bestimmt nicht nur am Koffein. Wir sitzen auf Hockern, den Rücken an die Theke gelehnt und löffeln unser Müsli. Das große straßenseitige Fenster ist geöffnet und im Schwedenofen knistert ein kleines Feuer, wodurch eine ausgesprochen heimelige Atmosphäre im Inneren der Gaststube entsteht. Von der Energiebilanz und dem Wirkungsgrad des Holzofens ein wahrer Supergau, würde vermutlich ein Umwelttechniker sagen, in den modernen Passivhäusern, die mit ihren Flachdächern aussehen wie aneinandergereihte Schuhkartons, die Architekten studieren offenbar alle bei Lego, darfst du heute ja nur mehr Stoßlüften und den Rest macht irgendein Wohnraum-Umluft-Klimasystem. Aber gibt es was schöneres als vor einem warmen Ofen zu sitzen und nach Draußen in die kalte wilde Natur zu schauen?
Na gut, wilde Natur ist vielleicht ein bisschen weit hergeholt, von dem alten Dorfwirtshaus sehen wir direkt auf den Kirchenplatz. Der Regen hat jetzt schon etwas nachgelassen und vereinzelt gehen Eingeborene in ihrer schönsten Sonntagstracht vorbei. Also weniger ein Naturschauspiel, mehr eine

Milieustudie, ich muss lachen und kann dann auch die Kirchenglocken hören, die zur Messe läuten.
Wie der AJ jetzt seine italienische Höllenmaschine nochmal anwirft, also nicht seine Vespa, die steht ja bei mir im Schuppen, sondern die Espresso-maschine, da ruf ich ihm über das laute Rauschen der Dampfdüse nur noch zu: „Ich muss weg!" und spring auf.
Dass mir der Loisl noch ein: „… aber ich wollte doch etwas Wichtiges mit dir besprechen!" nachschreit, kann ich schon nicht mehr hören. Diesmal ohne den muffigen Wetterfleck, dafür mit hochgestelltem Westenkragen eile ich Richtung Kirche, da mir beim Stichwort Milieustudie etwas in den Sinn gekommen ist, Geistesblitz quasi.

#

Schon fast die schrägen Mundharmonikaklänge aus diesem alten Italowestern im Ohr drücke ich die beiden schweren Holzflügel auf. Wobei, das ist doch nicht das Lied vom Tod sondern das Quietschen des alten Kirchentors, gehört auch mal wieder geölt. Den wolkenverhangenen Himmel und das Dämmerlicht im Rücken zeichnet sich offenbar nur meine schattige Silhouette im geöffneten Haupteingang ab, alle Köpfe sind jetzt zu mir gewandt und starren mich an, ja bist du gelähmt, das hätte der Sergio Leone auch nicht besser inszenieren können.
Aber wie mich die Leute erkennen gilt ihr ganzes Interesse schon wieder den Eröffnungsworten des

Herrn Pfarrer und ich husche jetzt fast ein bisschen peinlich berührt hinein und nehme ganz alleine auf der letzten Holzbank ganz hinten Platz. Na grüß Gott, die Büßerbankerln sind seit meiner Firmung nicht wirklich bequemer geworden und das ist jetzt auch schon ein Zeiterl her. Ich kann mich nicht erinnern, dass ich seither in einer Kirche war, na gut ja, zur Besichtigung im Zuge einer Städtereise irgendwann, aber so richtig, bei einer Messe, glaube nicht. Aber deswegen bin ich ja heute auch nicht da, eigentlich wollte ich nur einmal alle Protagonisten in diesem Nest auf einem Haufen antreffen und mir einen Überblick verschaffen, also schau ma mal.
Da sitzen ganz vorne Herr und Frau Bürgermeister, sehr standesgemäß, dahinter vermutlich die anderen Dorfgrößen je nach Rang und Namen, Gemeindearzt, Apotheker, Lehrer, wie in einem alten Hans Moser Film, ich glaub, hier war die Welt vor kurzem auch noch schwarz-weiß. Rechts vom Altar die Musikanten, jö schau, der Gruber Bertl mit seiner Tuba, der grinst breit und winkt mir kurz zu, so ein Netter, der Herr Ingenieur. Und hinter der Musik die Rosenkranzdamen, warum sitzt denn die Grete Buxbaum nicht bei ihrer Frauenrunde. Hui, ist am Ende etwas faul im Staate Dänemark oder geziemt sich eine Standesdurchmischung nicht in Nest an der Wild?
Den Großteil der Dorfbevölkerung sehe ich heute zum ersten Mal, obwohl ich doch schon einige Zeit hier bin. Ja hallo, dort drüben sitzt ja auch diese Plaudertasche von einer Gemeindesekretärin, die

hätte ich jetzt fast nicht erkannt, in ihrem dunklen Hosenanzug, für die Sonntagsmesse hat sie sich offensichtlich auch ein bisschen sittsamer gekleidet. Aber warum sitz ich eigentlich hier in der Kirche und nicht in der „Kornblume" bei meinem zweiten Kaffeetscherl? Genau, Milieustudie war mein Stichwort, okay, dann mach ich halt einmal auf Hercule Poirot für Arme und spiele alles gedanklich durch. Was haben wir da?

Einmal den Herren Bürgermeister, der will kein vegetarisches Dorfwirtshaus sondern Schweinebraten und Bier bis zum abwinken, aber hauptsächlich, weil ihm deswegen die Viehzüchter die Tür einrennen mit ihren Anträgen und im Hinblick auf die Wiederwahl nächstes Jahr sind halt der Loisl und die Penny und die ganze Situation überhaupt nicht gut für sein Image, aber das wars dann auch schon, oder?
Bei der Frau Bürgermeister und der Rosenkranzrunde schaut´s da schon anders aus, die wollen zum einen partout keine Andersgläubigen in ihrem Nest und sind daher zweitens ziemlich erledigt wegen Penny´s Diplomarbeit. Dazu wollte sie die frommen Damen auch noch interviewen, ja geht's noch, da wird dann sogar umgehend eine Demonstration organisiert. Okay, jetzt nicht unbedingt so, wie wenn die Verschwörungs-Hirnschüssler über die Wiener Ringstraße ziehen, aber immerhin ein eindeutiges öffentliches und

unmiss-verständliches Statement, und weiter? Nix eigentlich.
Moment, gab es da nicht im Mittelalter so ein Hexen-Dingsbums, wenn ich in der Unterstufe im Geschichts-unterricht richtig aufgepasst habe, wurden doch damals rothaarige Frauen an Mühlsteine gebunden und ins Wasser gestoßen. Konnten sie schwimmen, waren es mit Sicherheit Hexen, gingen sie aber unter, waren sie frei von jeglicher Schuld, aber leider auch tot. Haben diese vermaledeiten Weiber etwa am Ende so etwas mit Penny abgezogen?
Das traue ich jetzt den Frauen aber auch wieder nicht zu, also ausgenommen der Grete Buxbaum, dieser verbohrten Blunzen, aber wo war dann der Mühlstein?
Na immerhin wurde die Leiche von zwei Feuerwehrlern gefunden und der Bürgermeister ist der Feuerwehr-kommandant. Ein Komplott auf ganzer Linie. Die haben den Stein entfernt und erst dann die Polizei gerufen, na genau, und in der Zwischenzeit den ganzen Tatort angespieben, diese eiskalten Killer. Ich glaub jetzt geht die Phantasie mit mir durch, Beton-Patscherln wie bei der Camorra, bestimmt und versenkt in irgendeinem Planschbecken mitten im Waldviertel.
Aber woher kommt dann das Hämatom in Penny´s Nacken? Gut, das könnte sie sich auch wirklich beim Sturz in den Löschteich zugezogen haben, jedenfalls hat sie der Gruber Bertl an dem Abend noch gesehen. Entlastet ihn das jetzt oder macht das den

Herrn Ingenieur zum Hauptverdächtigen? Die beiden waren doch befreundet oder sogar mehr, wer weiß und wo wäre das Motiv?
Und überhaupt, gibt es da jetzt einen Zusammenhang mit den Giftfässern, die sich in der alten Hütte stapeln, oder nicht?
Naja, wenn es wirklich einen Deal mit den Tschechen gibt, dass man den Giftmüll in Nest an der Wild entsorgen soll, da steckten dann aber andere Kapazunder unter einer Decke und dann ist auch der Gedanke mit den Beton-Patscherln doch nicht so weit hergeholt. Aber wenn Penny von den Fässern gewusst hätte, wären AJ und ich die ersten gewesen, denen sie davon erzählt hätte. Ziemlich oft „wenn“ und „hätte“ für meinen kriminalistischen Geschmack und viel zu viele Fragezeichen.

Was ist nur mit mir los, ich war doch einmal ein richtig guter Kiberer, okay, ich hatte die letzten Jahre immer ein tolles Team an meiner Seite und die technischen Ermittlungs-möglichkeiten eines Sonderdezernats zur Verfügung. Der lonesome Cowboy war eh nie so mein Ding, aber der Loisl ist mir da aktuell keine große Hilfe und dieser komische Kaiser Max schon gleich gar nicht. Oder bin ich am Ende schon zu weit weg von dem ganzen Räuber und Gendarm spielen?
Die Prioritäten verschieben sich halt mit der Zeit bis hin zum kompletten Wandel, Yoga und Räucher-stäbchen statt Verbrechen und Dienstmarke, ja bist du deppert, jetzt reiß dich aber einmal zusammen

Herr Super-Cop! Erstens war das Opfer eine sehr gute Freundin und so lange ist das jetzt auch noch nicht her, einmal Kiberer, immer Kiberer, oder?
Schon wieder ein Fragezeichen, und was für ein Fettes!
Aber mit einem Showdown a la Agatha Christie wird es heute definitiv nix mehr. Die Suppe ist viel zu dünn als dass da jetzt gleich einer aufspringt und gesteht, nur weil er durch mein strenges Auftreten und die stichhaltige Argumentationskette, die ich darlege, derart in die Enge getrieben wird, dass er keinen Ausweg mehr sieht.
Ganz in Gedanken versunken, hab gar nicht gemerkt, dass der Herr Pfarrer bereits zum Ende gekommen und die Kirche schon wieder halb leer ist. Die Chance auf ein klammheimliches Rausschleichen ist jetzt definitiv auch unergriffen an mir vorbeigezogen, weil die Rosenkranzdamen mit ihren Spendenkörberln schon neben dem Kirchentor Aufstellung bezogen haben. Ich bin gefühlt der Letzte, der die Kirche verlässt und kann dabei aus meinem Hosensack noch einen saftigen Geldbetrag im Wert von einem Euro und zwanzig Cent herauskramen. Die Münzen wollte ich eigentlich ganz verstohlen in den Klingelbeutel werfen, um mich quasi freizukaufen und dann schnurstracks retour in die „Kornblume“, aber weit gefehlt. So leicht lassen mich die frommen Frauen nicht entkommen und plötzlich bin ich auch schon förmlich eingekreist.

Relativ gut gelaunt werde ich nach meinem Befinden gefragt und man freut sich, dass ich wie versprochen den Weg zur Sonntagsmesse gefunden habe. Es gäbe im Anschluss noch Kaffee und Kuchen für alle im Pfarrheim, da muss ich jetzt aber aus terminlichen Gründen leider dankend ablehnen. Meine terminlichen Gründe werden zwar in Zweifel gezogen und man lässt mich nur widerwillig von dannen ziehen, aber nicht ohne mir noch ganz offensichtlich ernst gemeinte Glück- und Beileidswünsche für den Alois mit auf den Weg zu geben. Schau schau, habe ich die netten Damen am Ende ganz falsch eingeschätzt? Da macht sich jetzt doch fast ein bisschen ein schlechtes Gewissen in mir bemerkbar, eh schon wissen, wegen dem Mühlstein und so.

Aber ihre Anführerin ist nicht Teil der geselligen Runde. Komisch, für mich entsteht der Eindruck, als würde Frau Bürgermeister aktuell gar nicht mehr den Ton innerhalb der heiligen Gemeinschaft angeben. Gibt es da vielleicht innerbetriebliche Diskrepanzen? Jetzt muss ich schmunzeln, da wird doch am Ende nicht gemeutert auf der Rosenkranz-Bounty. Jedenfalls steht Grete Buxbaum ganz alleine und mit grimmigem Blick etwas abseits des allgemeinen Trubels. Der Herr Bürgermeister ist sowieso gleich nach der Messe mit seinen Kumpels zum feucht fröhlichen Frühschoppen ins Feuerwehrhaus verschwunden, eh klar, ein adäquates Dorfwirtshaus gibt es hier ja nicht, noch nicht!

Und von der gesamten weiblichen Dorfbevölkerung scheint sie mit Ignoranz abgestraft zu werden. Würde mich echt interessieren, was es da Einschneidendes gegeben hat oder wollten sich die anderen Damen nur nicht länger von ihr bevormunden lassen?
Auf alle Fälle gelingt es mir dann doch, mich loszueisen und den Rückweg anzutreten. Frau Bürgermeister beäugt indessen die gesamte Szenerie mit ihrem strengen Blick und wie ich jetzt bei ihr vorbei muss, schießt sie noch schnell ein paar imaginäre giftgrüne Blitze auf mich ab, hui, wenn Blicke töten könnten, würde ich jetzt leblos am Kirchenplatz liegen.
Na servus, ich glaub, jetzt brauch ich dringend eine Überdosis … Koffein!

#

Kurz darauf sitze ich mit dem Alois auf einem Berg verschiedener Sitzkissen, in einem sehr gemütlichen Eckerl im ersten Stock der „Kornblume". In einer großen, mit feinem Sand gefüllten Steinschale glimmt ein Räucherstäbchen, aber nicht so ein grausliches intensives aufdringliches Patschuli-Dulli-Sandelholz-irgendwas-Dingsbums, wo du nach zwei Minuten Kopfweh bekommst, dass die Hälfte genug ist. Nein, ein sanftes angenehmes, ich kann die Duftrichtung aber nicht wirklich erraten, unseren Espresso haben wir zuvor schon in der Gaststube genossen, dann sind wir hinauf gegangen

und haben uns hier niedergelassen. Schließlich gehen wir ja eh keinem ab, Gäste sind ohnehin keine zu erwarten und auf dem kleinen Tisch vor uns dampfen zwei Häferln mit Ingwertee.
Die Beileidsbekundungen der Rosenkranzdamen habe ich ausgerichtet und war schon fast in Versuchung, den AJ mit einer Ausführung zu meinen geistigen Ermittlungsergüssen mit ins Boot zu holen, als mir der ganz seelenruhig eröffnet: „Ich verkaufe das Gasthaus an die Gemeinde, der Papa hat mir gestern ein lukratives Angebot gemacht.“ und ich bin jetzt einmal paff.
Das war also die wichtige Besprechung gestern. Schau ich wirklich so schockiert drein, dass der Loisl jetzt fast schon entschuldigend weiter ausführt, dass er sich ja keinesfalls bereichern wolle, aber das Projekt: „Kornblume“ habe er gemeinsam mit Penny geplant und begonnen und ohne sie wolle er auch nicht mehr weitermachen. Der Großteil der heutigen Halli-Galli-Bussi-Bussi-Gesellschaft wolle eh nur Party und XXL-Portionen zum Schnäppchen-Preis und Saufen bis zum Umfallen. Nest an der Wild, obwohl weitab vom Trubel der Großstadt, wäre da keine Ausnahme und für sein alternatives Gastrokonzept ganz offensichtlich noch nicht bereit. Aber wurscht, er habe den Dorfbewohnern damit ein Angebot machen wollen, das jedoch nicht angenommen, nicht einmal ausprobiert, sondern durchwegs sogar boykottiert wurde und daher könne er auch weiterziehen, keine Pläne mehr, Loslassen, einfach nur noch sein!

Und jetzt lässt er gleich noch den Super-Akademiker heraushängen und erzählt mir irgendetwas von einer Ambiguitätstoleranz und ich verdreh die Augen, weil ich überhaupt keinen Dunst hab, was er meint. Da geht es angeblich darum, dass man in der Lage ist, widersprüchliche Situationen oder mehrdeutige Informationen, die einem schwer verständlich oder sogar inakzeptabel erscheinen, vorbehaltlos anzunehmen und ohne darauf aggressiv zu reagieren oder diese gleich in eine Schublade zu stecken.
Alles was ich jetzt verstanden hab war mehrdeutig und schwer verständlich.
Wie ein Yogi halt, alles annehmen, nix fragen, nix sagen?
Nein, so einfach ist das nicht, und jetzt wird der Loisl fast ungehalten, soweit reicht seine Ambiguitäts…dingsbums Toleranz dann doch nicht und ich muss grinsen. Aber er erklärt mir, dass alles mit Dharma zu tun hat und ich muss gerade schauen, wie ein Autobus und jetzt grinst er.
Jeder Mensch sollte im Leben sein Dharma erfüllen, seinen eigenen Weg finden und verfolgen.
Er habe gemeinsam mit Penny, seinem Lebensmenschen dieses „Kornblumen-Projekt“ gehabt und dieser Abschnitt sei jetzt abgeschlossen, wobei, eine Aufgabe habe er noch zu erfüllen. AJ müsse nach Indien reisen und so, wie er es seiner Lebensgefährtin vor einiger Zeit einmal fest versprechen musste, ihre Asche bei Varanasi in den Ganges streuen, sie quasi nach Hause bringen. Die Zustimmung von Penny´s Eltern habe er schon

eingeholt. Danach wolle er sich erst einmal ganz Indien und weitere Teile Asiens ansehen und dann ganz einfach schauen was kommt.
Ich hab noch etwas an Loisl´s Dharma-Erklärung zu knabbern und stelle jetzt den gedanklichen Vergleich an, dass ich damals vermutlich nur Polizist geworden bin, weil mich mein Vater in einem sicheren Job sehen wollte, ich damit aber vielleicht mein eigentliches Dharma komplett außeracht gelassen habe. Ob ich als Maler oder Tischler oder sonst irgendwas meiner Bestimmung eher gefolgt wäre? Und bevor ich meine Gedanken laut aussprechen kann, schießt mich der Alois ganz unerwartet an: „Komm doch mit?"
Was, wohin? Mit dir nach Indien? Ich bin jetzt einmal perplex aber der Loisl sagt nur ganz ruhig: „Sei mal ehrlich, was erwartet dich hier noch? Soweit ich mich an deine Erzählungen erinnern kann, ist deine Karriere als Oberkommissar dahin und dein Familienleben nimmt dich auch nicht gerade in Dauerbeschlag, oder. Aber vielleicht sollte das so kommen, keine Ahnung, nenn es Vorhersehung oder Schicksal oder auch Dharma, wenn du willst. Jedenfalls gehst du vermutlich niemandem ab, wenn du mit mir ein paar Monate durch Asien reist, vielleicht besuchen wir ein Ashrams und bleiben einige Zeit dort oder liegen einfach nur am Strand oder schauen uns tibetische Klöster an, egal. In deine Jagdhütte kannst du dich dann immer noch zurückziehen, die ist dann bestimmt noch da!".

Buh, wenn ich das jetzt so aus dem Alois seinem Mund höre, rinnt mir direkt die Gänsehaut über den Rücken. Ich muss schlucken aber im Grunde hat er recht und ich sage nur: „… in die Jagdhütte zurückziehen, ohne euch ist das doch nicht mehr dasselbe. Wenn ich Penny und dich nicht kennengelernt hätte, wäre ich doch nach einer Woche wieder nach Wien gefahren.“ „Genau!“ hakt der Alois nach: „Davon rede ich doch auch, alles vorherbestimmt, alles Dharma, einfach annehmen was das Leben für dich bereithält und jetzt gehen wir gemeinsam den nächsten Schritt, was sagst du?“ und ganz spontan sage ich: „JA!“.

In Jugendsprache würde man sagen, dass der restliche Tag ziemlich gechillt verläuft. Wir trinken Espresso und Tee und plündern sämtliche Vorräte, Reis, Falafel, Humus, Gemüse, sogar von Penny´s unfassbar guten Kokos-Brownies sind noch welche da. Vergessen sind Ermittlungen und Giftfässer und der tragische Verlust, der uns widerfahren ist, zumindest für den Moment. Wie die Maharadschas lümmeln wir auf einem Berg von Sitzkissen, essen und schmieden Pläne.
Der Loisl war selbst auch noch nie in Indien, hätte ich gar nicht geglaubt, er machte immer einen so überzeugenden Eindruck, wenn er davon erzählt hat. Ich habe aber auch nie danach gefragt, eh wurscht jetzt, demnächst fahren wir gemeinsam hin. Zuerst nach Varanasi, dem ehemaligen Benares, ein Zentrum traditioneller hinduistischer Kultur und

Wissenschaft und bekannt als die Stadt des Gottes Shiva. Dorthin pilgern die Gläubigen seit mehr als 2.500 Jahren und baden im Ganges. Also das werde ich definitiv auslassen, ich geh nicht einmal in die Alte Donau, allerhöchstens häng ich vielleicht einmal die Zecherln rein. Ob das reicht, für ein bisserl Erleuchtung? Bei dem Gedanken an das schmutzige Wasser graust mir, Kopf ausschalten und einfach zulassen sagt der AJ dazu, na schau´ma mal. Jedenfalls werden wir uns dort als erstes einen Bramahnen suchen der mit uns Penny´s Asche in den Fluss streut und für sie die rituellen Gebete spricht, damit sie wiedergeboren wird. Das verstehe ich immer noch nicht ganz, also unternimmt der Herr Magister wieder einmal einen Erklärungsversuch, einen nicht ganz so akademischen.
Er sagt, dass ich mir das ganze Sein wie Wasser vorstellen muss, genauer wie die drei Erscheinungsformen von Wasser, flüssig, fest und gasförmig. Physik war zwar nie so mein Ding, aber darum geht es jetzt ja auch nicht, das ist ja nur eine Metapher. Also das Leben ist quasi flüssig, wenn man offen und achtsam ist, das wäre der Idealzustand, um irgendwann einmal den gasförmigen Zustand zu erreichen, wenn man aus dem Kreislauf der Wiedergeburten, dem Samsara aussteigt und ins Nirvana eingeht, oder so ähnlich. Die meisten Menschen seien halt leider fest, weil sie unachtsam durchs Leben gehen und nur materielle Ziele verfolgen würden. So wie ich, in meinem früheren Leben als Kriminalbeamter, aber ich wäre

ja schon auf einem guten Weg und das ehrliche Bemühen würde doppelt zählen. Penny ist jetzt hoffentlich gasförmig und wenn nicht, werde sie bestimmt in einer sehr spirituellen Familie wiedergeboren. Daher sollten wir jedenfalls danach streben, gutes Karma anzusammeln, indem wir flüssig sind, uns richtig verhalten, hilfsbereit und achtsam sind, meditieren und überhaupt und so durch den Lebenskreislauf fließen bis unsere Zeit dann endgültig gekommen ist.
Gut, ich kann das ja auch nicht so wiedergeben wie der AJ, keine Ahnung wo der das schon wieder herhat. Aber ich hab ja noch genug Zeit und vielleicht geht mir ja in Indien ein Licht auf. Wenn ich vor Ort bin und alles unmittelbar miterlebe und wir Penny´s Asche dem Ganges übergeben.
Aber eigentlich geht es ja eh nur darum, dass man alles was man macht, mit ehrlicher Hingabe macht, auch wenn man es nicht versteht. Das steht angeblich auch so, oder zumindest so ähnlich, in der Bhagavadgita. Genau, besser etwas mit Hingabe zu machen, als nur so zu tun, als ob. Da besteht ja vielleicht auch für mich noch Hoffnung: „… viel zu lernen du noch hast!“ sagt der alte Yogi. Oder war das der Yoda?

Ich freu mich auf alle Fälle schon auf unsere erste Yoga-Praxis in einem Ashram, ob das ganz anders ist als bei uns, egal in ein paar Wochen weiß ich es.
Der Alois will jedenfalls keine Zeit verlieren, kontaktiert sofort den Gruber Bertl und bittet ihn,

gleich morgen mit dem Traktor und dem großen Hänger zur „Kornblume“ zu kommen.
Das Wichtigste, die Espressomaschine, kommt in meine Jagdhütte, ein paar Möbeln führen wir auch zu mir und stellen sie einmal in den Schuppen, die Vespa ist eh schon dort und seine restlichen Habseligkeiten gehen sich in einem großen Rucksack aus. Dann soll die Gemeinde das alte Wirtshaus haben und nach uns die Sintflut. Wenn alles unterschrieben ist fahren wir nächste Woche einmal zu mir nach Wien und von dort aus nehmen wir den nächsten Flieger nach Indien, so der Plan.
Mit einem kugelrunden Bauch verabschiede ich mich beim Loisl, der voraussichtlich eine seiner letzten Nächt in der „Kornblume“ verbringt und dann doch etwas wehmütig wird. Ich mache mich wie gewohnt durch den Wald auf den Heimweg, ganz gemächlich, so angegessen wie ich bin, fällt Yoga heute eh aus, aber der Verdauungsspaziergang wird mir jedenfalls guttun.

#

Wie ich so nach Hause spaziere, gehen mir tausend Gedanken durch den Kopf.
Kündigen werde ich nicht, nach den vielen Dienstjahren schenk ich dem Ministerium bestimmt nix. Also karenzieren lassen, das hört sich schon besser an, am besten gleich bis zur Pension. Der Zuckerlprinz will mich eh nicht mehr sehen, also

sollte das kein Problem sein und ich muss unbedingt noch Marie besuchen und ihr alles erzählen.
Keine Ahnung, ob sie das überhaupt interessiert, die hat jedes Jahr hunderte Patienten, aber für mich war ihr Yoga-Unterreicht in der Reha ein Anstoß zu einem neuen Leben. Oder soll ich ihr lieber eine Karte aus Indien schreiben?

Penny ist vermutlich wirklich bei einem Unfall ums Leben gekommen. Bekifft in den Löschteich gefallen, nein, das kann und will ich nicht glauben. Ich hab zwar noch kurz versucht, mit dem Alois darüber zu reden, aber Fehlanzeige.
Und die Geschichte mit den Giftfässern werde ich morgen bei diesem Kaiser Max anzeigen. Ganz offiziell mit Protokoll und allem Drum und Dran, damit der die Sache nicht unter den Tisch fallen lassen kann.
Da bleibt dem dann Garnichts anderes über, als ganz offiziell Ermittlungen einzuleiten. Nein, noch besser, auf dem Weg nach Wien bleib ich in St. Pölten beim Landeskriminalamt stehen und erstatte die Anzeige beim Ermittlungsbereich für Umweltdelikte, die sind ja sowieso zuständig und der Dorfsheriff wäre damit eh überfordert.
Bei der Gelegenheit schau ich dann auch gleich bei einem alten Kumpel von der Mordgruppe vorbei. Der soll die Akte aus Waidhofen anfordern und den Gruber Bertl noch einmal eingehender befragen. Genauso mach´ma das.

Und morgen, während der Alois mit dem Bertl die Möbel transportiert, mach ich noch schnell ein paar Fotos von den Fässern, hoffentlich liegt die alte Digitalkamera noch irgendwo in der Hütte herum.

Wie ich zu meiner Hütte komme hör ich wieder den Eichelhäher, heute irgendwie schriller als sonst, als wollte er mich warnen. Geh bitte, wovor? Ja genau, im Wald da sind die Räuber. Ist das nicht ein altes Kinderlid? Ich muss grinsen und dann rieche ich wieder Zigarettenrauch, bevor jemand mit einem typischen osteuropäischen Akzent zu mir sagt: „Dobre dan, Herr Commissario!“.

Ich drehe mich um, erkenne nur die Umrisse einer dunkel gekleideten Person, der tiefen Stimme nach zu urteilen ein Mann, und noch bevor ich irgendetwas sagen kann, setzt der zu einem rechten Schwinger an.
Instinktiv hebe ich meine Arme, um den Schlag abzuwehren und werde mit voller Wucht unter der Achsel getroffen. Ja bist du deppert, der hat einen ganz schönen Hammer, ein dumpfer Schmerz erfüllt meinen Körper und meine ganze linke Seite pocht. Ich taumle zwei Schritte zurück, bis ich mit dem Rücken an die Jagdhütte stoße, gleite dann ganz langsam, gefühlt wie in Zeitlupe die Wand hinunter und komme auf dem Boden neben dem Eingang zum Sitzen.
Was war das jetzt genau? Der Typ geht auch ein paar Schritte zurück und beobachtet mich noch eine Zeit lang und wie er sich dann umdreht, kann ich

irgendetwas glänzendes in seiner Hand erkennen. Hat der ein Messer? Ganz langsam und mit einer bösen Vorahnung greife ich mit meiner rechten Hand an meine linke Seite, fühlt sich ganz warm und feucht an.
Auch jetzt noch Kiberer denke ich nur, dass muss ein Profi sein. Selbst wenn ich eine Schutzweste angehabt hätte, wäre seine Klinge unterhalb meiner Achsel widerstandslos eingedrungen, na sehr super.
Der Mann geht zu einem Tesla mit tschechischem Kennzeichen, der rücklinks in einem Feldweg parkt, zündet sich noch eine Zigarette an, bevor er einsteigt und fast lautlos davonrollt. Jetzt geht mir ein Licht auf. Na zumindest ein nachhaltiger Killer, so hinterlässt der Auftrag wenigstens keinen großen CO2-Fußabdruck. Wenn ich könnte, würde ich kurz auflachen, vermutlich Galgenhumor?

So ein Scheiß, vor ein paar Stunden hab ich noch geglaubt, mir bleibt noch jede Menge Zeit und jetzt sitz ich hier im Gatsch.
Mir wird mit einem Mal ganz kalt. So spielt das Leben, ich versuche ganz ruhig und gleichmäßig zu atmen, einatmen, ausatmen, da pfeift was, Tinnitus, nein, oder, beim Atmen pfeift etwas, vermutlich hat er mit dem Messer meinen linken Lungenflügel erwischt, also Indien kann ich mir einmal abschminken, einatmen, ausatmen, pfeifen, hört sich irgendwie schön an, das Pfeifen, irgendwie so wie om, einatmen, om, ausatmen, om, ohhhhm, ohhhhhhhm, schwarz vor Augen …

einige Wochen darauf.

Platsch, in hohem Bogen fliegt der Fußball in Richtung Jauchegrube und landet zielgenau in eben dieser. Ja bist du deppert, wie ich noch ein Kind war hätte das Fetzenlaberl jetzt niemand auch nur mit einem Stecken berührt, aber heute, nix Fetzenlaberl. Die Bauernkinder kicken heutzutage mit der Ronaldo limited Edition WM Wuchtel aus feinstem Rindsleder um wohlfeile 150 Euronen. Bei dem Preis versuchst du halt jetzt alles, um den wieder aus der stinkenden Suppe heraus zu bekommen.

„Paaaaapaa!" ruft eines der beiden Kinder und da kommt der Gruber Bertl auch schon um die Ecke geschossen. Mit einer langen Stange versuchen die Drei jetzt, den Ball in Richtung Grubenrand zu dirigieren als plötzlich, blubb, blubb, blubb, zwei gelbe Fässer auftauchen und der Fußball augenblicklich zur Nebensache wird. Der Herr Ingenieur streift sich seine Arbeitshandschuhe über und zieht die Tonnen aus der Jauchegrube, während die Kinder ihre Mutter holen und jetzt stehen alle Vier sichtlich verwundert, Kreis um die beiden leuchtend gelben Fässer und betrachten die darauf angebrachten Totenkopfsymbole und die kyrillische Aufschrift, die natürlich keiner entziffern kann.

Und jetzt ist es die Frau Gruber, die in Anbetracht der Situation das Kommando übernimmt.

Zuerst richtet sie das Wort unmissverständlich und dominant an ihren Nachwuchs: „Ihr schleichts eich

Kinder, ihr habt´s nix g´sehen, verstanden, schleichts eich und Goschn halten, sonst setzt´s was!“
Huck, das Familienoberhaupt hat gesprochen.
Die beiden Kinder reißen die Augen auf, wissen aber genau, dass sie ihrer Mutter jetzt besser nicht widersprechen sollten, also bleibt ihnen nur der geordnete Rückzug. Dann wird halt in der Scheune mit dem „neuen“ Laptop gespielt.

Der Gruber Bertl zieht derweil ein Smartphone aus der Innentasche seiner gelb-grünen original Lagerhaus-Weste und will gerade die Nummer der Polizeiinspektion in Waidhofen eintippen als ihn ein eindringlicher und mahnender Blick seiner Göttergattin zögern lässt. Er zuckt mit den Schultern und schaut seine Frau erwartungsvoll an, um umgehend den nächsten Befehl zu empfangen. Nach so vielen Ehejahren hat man sich mit der familiären Rollenverteilung eben abgefunden.

Gemeinsam beschließt SIE, dass man die augenscheinlichen Giftfässer verschwinden lassen müsse, da man sich sonst das Bio-Gütesiegel, welches der Gruber-Hof demnächst erhalten sollte, in die Haare schmieren könne. Also werden die Fässer entsorgt, am besten des nächtens. Und wo? Auch da hat Frau Gruber die Lösung parat: „… vor dem Dorf steht doch diese alte verfallene Holzknechthütte!“

und noch ein paar Tage später.

Dieses Jahr ist der Herbst aber früher dran als sonst, zumindest kommt es Karin Sonnleithner so vor, als sie am Linzer Hauptbahnhof in den Zug nach Zürich steigt, ihre üppige Figur in ein etwas zu enges dunkelblaues Businesskostüm gezwängt. In ihrem Abteil angekommen, schlüpft sie zuallererst aus ihren High Heels. Diese Dinger machten zwar ein schönes Bein, aber ihre breiten Füße werden sich bestimmt niemals an diesen schmalen italienischen Schnitt gewöhnen.

Nachdem das giftige Geheimnis ihres Brötchengebers buchstäblich aufgepoppt ist, hat sie sich verabschiedet und für das Jobangebot der eidgenössischen Kantonsbank AG entschieden. Für die Wiederwahl würde es jedenfalls keine Rolle spielen. Man hat die Fässer halt einfach wieder irgendwo entsorgt, alles unter den Teppich gekehrt. Die Dorf-bevölkerung profitiert ja schließlich von dem eingefädelten Deal und feiert jetzt wieder bei Schnitzel und Bier im „Kirchenwirt". Bei dem Gedanken daran stellen sich ihr die Nackenhaare auf. Nur schnell weg aus Nest an der Wild. Ihr kleines Geheimnis, das würde sie mitnehmen. Davon wusste ohnedies nur noch der Herr Prälat und der war ja schließlich an das Beichtgeheimnis gebunden.

Sie musste schmunzeln, seit der Erstkommunion war sie bei keiner Beichte mehr gewesen.

Was hätte sie auch schon groß beichten müssen, bis zu diesem verhängnisvollen Abend im letzten Juni. Nicht weil sie ihr Gewissen gequält hat, gestand sie dem Kirchenmann ihren Fehltritt. Nein, aber das macht man halt so, in ihrem erzkatholischen Heimatdorf.
Das würde sie jetzt alles endgültig hinter sich lassen. Sie schüttelte sich instinktiv, endlich weg!

Nachdem man diesen Hobby-Columbo bei der Jagdhütte gefunden hat, war der Alois ganz schön durch den Wind. Wie hatte dieser Ex-Kiberer einmal zu ihr gesagt: „Hinter jedem Verbrechen steckt eine Frau!". Jetzt muss sie laut auflachen. Der charmant-blöde Wiener hat damals gar nicht gewusst, wie recht er hatte. Aber es war ja auch kein Mord, eher eine Körperverletzung mit Todesfolge, keine Ahnung. Sie ist ja schließlich Finanzmathematikerin und keine Juristin. Egal, jedenfalls war es somit ja auch gar kein richtiges Verbrechen.

Die Buben und ihr Detektivspiel. Sie hat zwar die falsche Fährte gelegt, nein, eigentlich hat sie nur so ganz beiläufig den Tschechien-Deal erwähnt, verrannt hat sich dieser Commissario dann selbst. Und bei diesem Kaiser Max, diesem eitlen Pfau, brauchte sie auch nur kokett mit den Augen klimpern und über die Demo der Rosenkranzrunde und die Diplomarbeit erzählen. Damit war sein Ermittlergeist geweckt und der Rest wurde quasi zum Selbstläufer.

Aber der Alois tat ihr dann halt schon irgendwie leid und die ehemalige Bürgermeistersekretärin hat noch versucht, ihn zu trösten und zu überreden, doch mit ihr in die Schweiz zu kommen. Aber der AJ ist einfach auf und davon, irgendwohin nach Asien oder so.
Offensichtlich wollte er nach dem unerwarteten Ableben seiner Penelope gemeinsam mit diesem Wiener durch Indien reisen und jetzt ist dieser unverbesserliche Träumer halt einfach allein los. Auf Nimmerwiedersehen und ohne sich bei ihr zu verabschieden. So hat sie sich das Ganze aber nicht vorgestellt, das erfolgsverwöhnte Fräulein Sonnleithner.
Sie kann sich noch genau erinnern, wie ihr der Loisl in der Schule immer verstohlen in den Ausschnitt geklotzt hat, ganz der Herr Papa, okay, damals war er gerade einmal vierzehn und sie das einzige Mädchen in der Klasse mit ordentlich Holz vor der Hütte. Später war sie mit ihm sogar einmal in Horn im Kino gewesen, da ist zwar nichts gelaufen aber aus dem Alois und ihr hätte bestimmt ein tolles Paar werden können. Beim Studium in Wien haben sich die beiden dann aus den Augen verloren und dann kam er plötzlich mit dieser Öko-Tussi an.

An diesem lauen Juniabend wollte sie doch nur mit dieser Hippie-Braut reden, als sie diese da ganz allein beim Löschteich stehen sah.

Dieser Yoga-Penny klar machen, dass sie nicht zu IHREM Alois passte, aber die war so unglaublich ausgeglichen, so ruhig, vermutlich eingeraucht, oder so.
Wenn diese Bio-Tante wenigstens ausgerastet wäre und sie als aufgetakelte billige Tussi beschimpft hätte. Aber die sprach nur vom Lebenskreislauf und Seelenverwandtschaft, von Shiva und Shakti und dieser esoterische Unsinn brachte Karin Sonnleithner so richtig in Rage. Als sie ihr dann noch einen schönen Abend wünschte, ihre schönen langen blonden Dreadlocks schüttelte und sich zum Gehen umdrehte, versetzte ihr die frustrierte Brünette kurzerhand einen gezielten Handkantenschlag, schwarzer Gürtel, gelernt ist eben gelernt. Penny stolperte, fiel in den Teich und ging sofort unter und der Loisl war endlich frei. Frei für SIE!
Eine richtige Frau mit Kurven würde auch viel besser zu ihm passen als so eine verhungerte vegane Bohnenstange.
Aber ihre Avancen prallten an dem Bürgermeistersohn einfach ab. Seine Eltern hatten doch immer Recht gehabt, der Alois weiß halt nicht was gut für ihn ist. Na, was solls? Also ab in die Schweiz und auf zu neuen Ufern. Dort werde sich schon ein g´stopfter fescher Eidgenosse für sie finden.
Der Zug rollt endlich an, nimmt auch recht schnell Fahrt in Richtung Westen auf und Karin Sonnleithner schaut verträumt aus dem Fenster ihres Abteils … never mind!

viel später.

… na grüß Gott, keine Ahnung wie lange es jetzt finster war, einfach ausgeknockt, oder so ähnlich. Schon wieder ein Burnout, nein, das kann jetzt aber nicht sein, oder?

Wart einmal, jetzt geht das Licht an … na super, doch wieder im Krankenhaus. Also zumindest könnte der Typ in dem weißen Mantel ein Arzt sein. Schaut irgendwie dunkel aus, aber nicht ganz dunkel, irgendwie indisch, also der Arzt, soweit ich das erkennen kann, nein, oder? Jetzt zieht der an mir herum, ja geht's noch Alter, und jetzt haut mir der mit voller Wucht auf den Arsch, AUA!
Bist deppert? Ich will fragen, ob er wo ang´rennt ist, aber ich bekomme nur ein Schreien heraus und verstehen kann ich den auch nicht richtig, der nuschelt so.
Was sagt der? Das Kind ist gesund, geh schleich dich, echt jetzt, na super!
Ich glaub der Loisl hat doch recht gehabt mit diesem ganzen Reinkarnations-Dingsbums. Also diesmal war´s offensichtlich noch nix mit Nirvana.

Ein Wiener in Indien, na g´freits euch und für mich alles noch mal von Anfang … okay, also erst einmal nur atmen!

Ich verneige mich dankbar vor meiner Familie und vor all denen, die mich auf meinem bisherigen Lebensweg, manchmal vielleicht auch nur ein kurzes Stückchen, begleitet und dadurch auf die eine oder andere Weise zu diesem Buch beigetragen haben.

Und falls du es bis zum Ende durchgehalten hast, verneige ich mich hiermit auch vor Dir, liebe Leserin, lieber Leser, Namaste!